笔者用理想主义和浪漫主义手法
渲染人间的真、善、美
鞭挞人间的假、恶、丑
将人们对生活的美好祝愿寄寓作品中

舒玫

●著

渲染人间的真、善、美
鞭挞人间的假、恶、丑

湖南女作家舒玫
短篇小说作品精选

情愫

Qing Su Chan Mian

Shu Mei · Zhu

缠绵

北方联合出版传媒（集团）股份有限公司
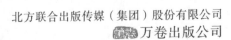万卷出版公司

图书在版编目(CIP)数据

情愫缠绵 / 舒玫著. -- 沈阳：万卷出版公司，2021.6

ISBN 978-7-5470-5641-7

Ⅰ. ①情… Ⅱ. ①舒… Ⅲ. ①短篇小说-小说集-中国-当代 Ⅳ. ①I247.7

中国版本图书馆 CIP 数据核字（2021）第 087715 号

- -

出版发行：北方联合出版传媒(集团)股份有限公司
　　　　　万卷出版公司
　　　　　（地址:沈阳市和平区十一纬路 25 号　邮编:110003）
印 刷 者：长沙市精宏印务有限公司
经 销 者：全国新华书店
开本尺寸：148mm×210mm
字　　数：120 千字
印　　张：8.5
出版时间：2021 年 6 月第 1 版
印刷时间：2021 年 6 月第 1 次印刷
责任编辑：张冬梅
责任校对：高　辉
策　　划：张立云
装帧设计：潇湘悦读
ISBN 978-7-5470-5641-7
定　　价：65.00 元
联系电话：024-23284090
传　　真：024-23284448

前言

　　《情愫缠绵》系笔者继作品集《一缕荷香》、诗集《心语轻轻》后同期创作的三部文集之一，为短篇小说选集，另两部同期出版的文集为散文选集和诗歌选集，书名分别为《淡淡芬芳》和《心歌浅唱》。

　　本书以男女爱情故事为重头，以女性情感经历为主线，向读者展现或曲折、离奇、美好，或伤感、痛苦、迷茫、虚幻的情感故事。

　　《开不败的花朵》主要描写一位步入花甲的女性被一位年龄小一轮的男人像初恋般地爱着，展现优雅女人的永恒魅力和真爱的美好。

《心之一角》主要描写一段刻骨铭心、催人泪下，伴随男女主人公走过人生 20 多年的情感经历，揭示父母干预及封建礼教对儿女情感所造成的伤害。

《爱在不言中》主要描写一个喜欢浪漫的女人与两个性格迥然不同男人的情感对比，昭示爱在无言的默默付出中，不在甜言蜜语中。

《滴血玫瑰》主要描写一个女人遭受情感欺骗后的伤痛，警世爱要慎重。

《奇缘》主要描写一对打破世俗偏见的恋人，经历痛苦、矛盾的挣扎后最终走到一起的故事，表达真爱无界线的理念。

《巧克力与玫瑰》主要描写一个女人在丈夫和情人之间的抉择，呈现道德和责任之美。

《余悸》通过描写一对恋人相处时的一次不小心所引发的余悸，表现重物轻情所带来的后遗症。

《忘忧草》主要描写一对异地恋，展现女主人公的

情愫缠绵

含蓄之美。

《迷茫的爱》主要描写一个追求完美的女性在看到男友描写与前女友之间的缠绵情景后的心境，表现女性情感世界中的痛苦、矛盾和迷茫。

《真爱》通过描述一位"白富美"的情感经历，揭示爱不是索取，是给予。

《美在秋天》通过描写男女主人公之间浪漫、真挚的情感，展现真爱之美。

《暗恋》通过描写一个女人被一个大 10 岁的男人暗恋 35 年的经历，昭示爱不必彼此拥有和爱是彼此尊重、相守及爱是成全而不伤害他人的理念。

《一缕云烟》主要描写一个因不知情而成为第三者的女子在得知真相后，将一份曾令其痴迷、沉醉的虚幻美好忘却而不留痕，昭示爱要忠诚、专一。

《墓穴中的恋人》通过描写一对家境悬殊的恋人之间坚贞不渝的爱情，鞭挞门第观念给人造成的伤害。

《红颜之痛》通过描写两个女性因遭受家暴所致的

身体和心理上的伤痛及对其人生带来的残缺和悲怆，呼吁用法律约束和惩治家暴者，以保护妇女免受家暴伤害。

《圆了夕阳梦》通过描写一位女性曲折、离奇、历经 53 年的情感经历，寄寓有情人终成眷属的美好愿望。

《智商在秋天苏醒》通过描写一个痴情女子的觉醒，告诫人们在情感生活中不要被虚情假意所蒙蔽。

《微笑的画像》主要描写一位女画家与初恋情人之间的生死恋情，昭示真爱永恒。

《男儿无过》通过描写一个才貌双全的大龄男孩在择偶过程屡遇不淑的经历，昭示宁缺毋滥理念。

《心如荷》通过对一位女性品质的描写，展现一位与众不同，无论何境都坚持自我，心境如荷的女性形象。

《同胞情》通过对姐弟、姐妹、兄妹之间的情感描写，展现无私、温馨的同胞之情。

《雨夜》通过描写一个男孩在雨夜对一个陌生女孩给予的关爱，展现人格魅力和无私大爱。

《心愿游戏》主要描写一个游戏所引发的对过去美好的追忆和对当下美好的珍惜及对亲友的美好祝愿。

《同室之情》主要描写同事之间的彼此关心和友爱，展现人与人之间的和谐之美。

《真情无求》主要描写一个文学爱好者在一位女作家无所求的关爱和鼓励下成长为一位小有名气的诗人的故事，昭示人间有真情，真情无所求。

《动力》主要描写一对富有才华的母女将妒忌作为动力不断前行的故事，以启迪人向善、进取，勿用妒火毁了自己。

《彷徨》通过对一个70后的涉仕心理描写，鞭挞嫉贤妒能等现象，宣扬正直、善良、自强、向上。

《春节之旅》通过描写一位女性的美好休闲时光，展现对生活的热爱。

以上这些作品主要为笔者用真名舒玫，笔名洁如莲和心如荷分别发表于中国作家网、湖南作家网、华语文学门户网"榕树下"的短篇小说。因编入该书的作品以男女情感故事为重头，故将本书命名为《情愫缠绵》。

　　笔者在创作中重视文学在社会生活中的美感作用和教育作用，书中作品没有生活糜烂、精神颓废气息和床帏之事的描写，亦不涉及黄、赌、毒，力求让自己的作品老少兼宜。笔者用理想主义和浪漫主义手法渲染人间的真、善、美，鞭挞人间的假、恶、丑，将人们对生活的美好祝愿寄寓作品中，同时将社会责任融入其中，希望通过作品给人们一些启迪。

2020 年 10 月 30 日

目录

情愫缠绵

开不败的花朵

如果将女人比作花，有的开着开着便败了，谢了，凋零了，而有的却越开越娇艳，越开越有魅力。气质优雅、多才多艺、内涵丰富的黎琼就是属于这种越开越娇艳、越开越有魅力的不败之花，即便年过花甲依然魅力不减，以致小其一轮的黄晓磊像初恋般地爱着她。

2012 年，芙蓉城的夏季比往年更炽热难耐，黄晓磊整个夏天都待在开着空调的家中，就连往常最喜欢在清晨去的桂花公园也因为害怕室外炽热的温度而没有去过一次，直至立秋方恢复往日的惯例。

黄晓磊是个自由职业者，从某音乐学院毕业后，以在家教音乐为生，收入虽不薄，但神情里常带着几分忧郁。

　　立秋后的芙蓉城，气温由夏日的炽热开始渐渐变得凉爽，人的心情也因凉爽的气温而变得开朗。这年的初秋，是黄晓磊生命中感觉最美的，因为与妻子离异10年的他重新收获了爱情。

　　立秋后的一天清晨，黄晓磊上穿一件蓝白相间的横条T恤衫，下穿白色休闲裤，脚着一双白色运动鞋，照例来到桂花公园练声。黄晓磊属兔，这天，他与大他一轮同样属兔的黎琼邂逅，便从此相识、相恋。

　　黎琼原是一家医院的医生，很懂得养生，退休后，每天清晨都会来到桂花公园，在桂花树下自由曼舞，她婀娜曼妙的舞姿常引来蝴蝶与之共舞。这天，她穿着一条红色的裙子照例在桂花树下自由曼舞，各色蝴蝶围着她时而与之共舞，时而"亲吻"她的裙子，蝶儿们将她当作了花，深情地恋着她、吻着她。

情愫缠绵

黄晓磊被这幅"蝶恋花"的画面深深吸引，情不自禁地用美声唱着"美丽的姑娘我爱你"融到画境中。

　　"你好！你真美，连蝴蝶都为你倾倒。"

　　"你过奖了。我已年过花甲，可能蝴蝶误会了。"

　　"你已年过花甲了？不会吧？我看你最多不过40岁。"

　　"是真的，我从不隐瞒年龄，过两个月我就满62岁了。"

　　"真看不出来，您已年过花甲了。您的相貌、气质、身材即便是年轻的姑娘也比不过啊。您是属什么的？"

　　"我是属兔的。"

　　"真巧，我也是属兔的。"

　　"你是哪一年出生的啊？"

　　"我是1963年出生的。"

　　"我是1951年出生的，整整比你大一轮。"

　　"您每天早晨都到这里来吗？"

　　"是的，我每天早上都到这里呼吸天然氧，与蝴蝶共舞。"

黎琼与蝶共舞的画面深深地刻在了黄晓磊的脑海中，他受这幅"蝶恋花图"的召唤，此后的每一个早晨双脚总是不自觉地向桂花公园跑，为的就是赶去欣赏这幅令他心醉的画面，他要用歌声与之融为一体。因为黄晓磊的融入，"蝶恋花图"变得更加完美、生动，它有歌，有舞，有花，更有情。黎琼是这图中的花，黄晓磊欣赏这朵开不败的花，他要用情去呵护她，成为名副其实的"护花使者"。在黎琼62岁生日那天，他在一个中西餐厅为孩子在异地工作、丈夫8年前已病故的黎琼举行了一个浪漫的生日庆典，并在这天向黎琼求婚。

黎琼生日这天，黄晓磊早早地在一家名为"爱之约"的中西餐厅预订了一个卡座，买了一个红心图案的蛋糕和一束玫瑰花，下午4点开着车将黎琼从家里接到"爱之约"中西餐厅。两人在预订的卡座坐定后，黄晓磊将两根代表62数字的蜡烛插在蛋糕上，关掉卡座里的灯，点上蜡烛，要黎琼先许个愿。待黎

情愫缠绵

琼许完愿吹灭蜡烛后，他将玫瑰花用双手献给她，然后用虔诚的语调对她说："黎琼，嫁给我好吗？让我与你一起共度下半生好吗？我会好好呵护你的。""不好，我比你大这么多，别人会怎么看？你不怕别人说闲话吗？再说按你的条件，完全可以找一个比我小也比你小的女子。""自己的生活是给自己看的，干吗去在意别人怎么看？红颜都会老去，在我看来年轻的心态、优雅的气质、丰富的内涵才是永恒的。有的女性生理年龄虽年轻，但心理年龄已老去，且气质不佳，也无内涵；而有的女性生理年龄虽已老去，但心理年龄依旧年轻，且气质优雅、内涵丰富。我欣赏的是后者。我向你求婚并非冲动之举，而是经过了深思熟虑的，我要找的是能令我欣赏的人，你就是我要找的人。"心态依然青春、常常忘记生理年龄的黎琼，其实与黄晓磊的观点是一致的，她欣赏的男人与黄晓磊欣赏的女人是相仿的，在她看来只要彼此欣赏，年龄大小都不是问题，她拒绝他是因为怕他是一时冲动，听了他经过深思熟虑的这番话，她默许了他的求婚。第 2 天，他们去民政局领了结婚证。

他们在桂花公园举行了一个简单而浪漫的婚礼，在黄晓磊第一次见到黎琼的地方，黎琼穿着黄晓磊第一次见到她时的那条红裙子，黄晓磊也穿着第一次去桂花公园时的那件蓝白相间的横条 T 恤衫和白色休闲裤及白色运动鞋。他们一个轻歌，一个曼舞，好不快乐、和谐。蝴蝶这次知趣地没有"亲吻"黎琼，只是欢快地在他们身边飞来飞去，充当他们婚礼的见证人。

婚后，黎琼这朵开不败的花在黄晓磊的呵护下更加鲜艳、夺目，黄晓磊脸上忧郁的神情亦在这朵花给予的愉悦中消逝无遗，取而代之的是整日灿烂的笑容。

（本文作于 2013 年 1 月，2015 年 12 月 24 日定稿并首发于中国作家网，同月 25 日经中国作家网审核通过正式发表于该网短篇/微型小说栏目）

情愫缠绵

微笑的画像

又到 4 月 4 日了，这是肖磊的忌日，毕丹铺开宣纸，用画笔蘸上彩墨，开始描绘肖磊的画像。自她得知肖磊牺牲后，每年的这一天毕丹都会画一幅他微笑着的画像，以寄相思之情，这已是画的第 50 幅了。

52 年前，25 岁的毕丹与 26 岁的肖磊同在南方一所乡村中学当教师。毕丹出身于书香门第，父亲是名画家，母亲是名作家，家住省城，从师范学院美术系毕业后分配到这所中学当美术教师，是吃"皇粮"的编制。肖磊从小父母双亡，是个吃百家饭长大的孤儿，当地一个简陋的小茅屋便是他的家，他高中毕业后在当地这所中学当民办教师，教初中一年级的语文。虽然彼此家境、地位悬殊，但毕丹没有因此而轻视肖磊，常常为他缝洗衣裳，每当肖磊去学生家做家访不能及时赶回学校食堂吃饭时，她总会提醒食堂工作人员为他留饭菜。每当毕丹遇到烦心事，双眉紧锁时，肖磊总会悄悄来到她身边，脸上带着亲切的微笑对她说："有什么烦心事能告诉我吗？看我是否能帮到你？"虽然人在生活中有时遇到的烦心事不是旁人能排解的，但每次只要肖磊来到她身边，看着他那张亲切、微笑的脸，毕丹的一切烦忧便会消释。

肖磊是个热情、开朗、乐于助人的小伙子，同事们谁有难处需要帮助时，他总会伸出援手。在他和毕丹相识这年的一个冬日，毕丹去省城看望父母，返校那天她从父母家出门时天还是好好的，谁知坐上返校的班车不久，老天竟下起鹅毛大雪，因未料到会下雪，她出门时没有带伞。下车后，天色已黄昏，她急于在

情愫缠绵

天黑前赶回距车站 2 公里的学校，便冒雪而行。次日吃早饭时，知道毕丹已返校的肖磊未见毕丹和大家一起吃饭，便打听缘由，都说不知道毕丹为何没来和大家一起吃早饭。他感觉情况有些不对，莫非她生病了？出于同事之间的关心，他来到毕丹的住房前，一边敲着紧闭的房门，一边喊着："毕老师，吃早饭了。"他连喊了几声，都没有反应。门是从里面拴着的，他推断毕丹一定在房内，以她的性格和为人她不会不答应的，他越想越觉情况不对，难道她真生病了吗？想到这，便二话不说猛地一脚将门踹开，只见毕丹静静地躺在床上，一只手臂无力地垂在床沿。他用手摸摸她的额头，啊，好烫！他赶紧背起处在昏迷状态中的毕丹飞也似的朝公社卫生院狂奔。当时的乡村交通工具很不发达，公社卫生院虽距他们所在的学校有 10 公里，但也只能步行去。

肖磊上气不接下气地将毕丹背到公社卫生院后，医生告知毕丹因感受风寒引起 40C°高烧，需要住院治疗。医生说："幸亏来得及时，如果来晚一点儿生命都难保，住院期间需要有人陪护。"肖磊打电话向校长汇报了毕丹的病情，并自告奋勇地向校长"请缨"留下来照顾毕丹。

毕丹经过抢救，从昏迷中醒来，第一眼看到的是肖磊那张亲切、微笑的脸，从此这张脸便深深地留在她心里，定格在她记忆中。

次年元月，某部队到他们学校所在的乡村招兵，肖磊报了名，经过政审、体检后被录取了。肖磊出发那天，毕丹去为他送行，送行的人很多，学校的同事、学生和当地的乡亲们都在为他送行，毕丹自然也在送行队伍中，她没有机会与肖磊单独话别，只是远远地看着他，肖磊也远远地冲着她微笑，她没想到这竟是她最后一次见到这张微笑的脸。

肖磊所在的部队在北方，他入伍后一直与毕丹保持着书信往来，他说："身离心在，永相随，勿忘我。"她说："心中满是那甜甜的笑，那微笑的面容每

情愫缠绵

次浮现都令我快乐无限。"

不知为何肖磊很久没有给毕丹写信了，她想可能是肖磊将她忘了吧，一向骄傲的她也没有去打听原因，他们就这样断了音信。直到某一天，她看到一份报纸，方知肖磊是一位英雄，在某次执行任务时为救一位战友牺牲了。得此噩耗，她悲痛万分。从此，每到肖磊的忌日她都会画一幅他微笑的画像，以寄天人永隔之相思。虽然她没有一张肖磊生前的照片，但肖磊微笑的面容始终留在她心中，她凭着记忆带着深深的思念和执着的爱年复一年地画着，一直画了50年，共画了50幅肖磊微笑的画像。

就这样，肖磊微笑的画像支撑着她，鼓励着她不断前行。她成了著名的画家和教育家，也成了有口皆碑的慈善家。

（本文作于2013年，2016年1月4日首发于中国作家网）

雨夜

　　春天给植物生机，也给人希望和温暖，它无论晴雨都充满暖暖的感觉。

　　晚春的一天，静心吃过晚饭去群芳公园散步，走到半途，原本多云的老天却突然将雨水洒向大地，先是一滴一滴地洒，继而毫不吝啬地倾盆而下。静心没有带雨伞，只好改变主意，不去群芳公园了。然而，倾盆而下的雨水已使她既不能进亦不能退，只能找一个避雨的地方。她搜寻四周，发现在离她不远处有一个中西餐厅，她正欲朝中西餐厅走去，忽然身后响起一个陌生男子的声音："雨这么大，我们都没带伞，一起去中西餐厅避避雨怎样？"她回头一看，一个与她一样没有带伞的年轻男子正带着善意的微笑看着她。一向不喜欢与陌生人搭讪的她没有理睬这个年轻男子，独自朝中西餐厅走去。

　　静心是个喜欢浪漫的小资女孩，她走进中西餐厅，找了一个顶头且靠近玻璃墙的位子，坐下后，点了一份水果沙拉，一边吃着水果沙拉，一边透过正对马路的玻璃墙欣赏雨中的夜景。待她将水果沙拉吃完时，雨停了，她也该回家了。当她按下服务呼叫器准备买单时，服务员却走过来对她说："有位先生已将您的单买了。"她心中嘀咕："是谁为我买了单？难道是他？不，不会，我与他素不相识怎么会……"正在她犯嘀咕时，那个之前在她身后说话的年轻男子笑眯眯地走到她跟前，对她说："雨停了，时间也不早了，我们走吧。你不要误解，我不是坏人，只是晚上看你一个人走不安全，两个人一起走好一些。你也许在想我为什么会为你买单吧,我也只是在给自己买单时顺便给你买了而已,你不必感谢我,茫茫人海能相遇是缘。"不知是被这个年轻男子的真诚打动,还是感激他无所求地为自己买了单,她没有再拒他于千里之外,默默地与他走出了中西餐厅。

这个年轻男子是某公司的会计,名叫杜诚,28岁,魁梧英俊,气质儒雅,因职业原因上班总是坐着,原本喜欢运动的他只好每天晚饭后去群芳公园跑步,这天也是因为下雨无法前行在途中遇到了静心。静心24岁,比杜诚小4岁,身材苗条,相貌秀美,在某机关当文员。

他们走出中西餐厅后,杜诚拦了一辆的士,很绅士地打开的士后座的门,叫静心坐进去,然后自己坐在副驾驶位,他问过静心所住方位后,叫司机朝静心所说的方位开。

的士开到静心住地附近时,静心叫司机停下,她下车时向杜诚说了声"谢谢!"杜诚向她绅士地说了声

"再见！"便随的士朝自家的方向奔去。

静心目送着远去的的士，不知这夜发生的一切是梦还是真？若是真，愿还能相逢；若是梦，愿常入梦中。

这个雨夜静心感觉好温馨，雨夜里的那个暖男仿佛是她梦里寻觅千百回的白马王子，她希望能在现实里与他牵手雨夜漫步，她相信只要有他相伴每个雨夜都会很温馨。

事隔两年，静心已满 26 岁，两年中父母老要她相亲，然而，相亲无数却无一男子能入她法眼。她每次相亲只是为了应付父母，她在心中一直默默等待着雨夜中遇到的那个暖男，她希望他能再次出现在她生命里，即便是无法实现的神话，她也要为之等候，因为他值得她这样做。

天无情人却有情，似真似梦却是真。一份关爱永铭心，有缘总会再相逢。

（本文作于 2013 年，2015 年定稿，2016 年 1 月 4 日首发于中国作家网）

墓穴中的恋人

民国年间的一天晚上，我国南方某县赫赫有名的
富人钟岩的小儿子钟旺突然从哥哥钟兴的房间发出一
声恐怖的尖叫，随后疯了似的从房间跑出来，一边跑
一边喊："鬼……鬼……"惊恐失色的他一直跑到父
亲钟岩的书房。

正在看书的钟岩问钟旺为何如此惊慌，惊魂未定
的钟旺告诉父亲，说他在哥哥房里看到了鬼，那鬼向
他吐着舌头，做着鬼脸，还说那鬼的身形有点像哥哥
3 年前死去的女友。钟岩听毕不免惊出一身冷汗，难

情愫缠绵

道是筱婷寻仇来了？当初对她是不是做得太过分了？

　　筱婷的母亲是随钟岩的大太太陪嫁过来的丫鬟，名叫陈瑶，在她16岁那年父母因病相继离她而去，是大太太的娘家收留了她，并让她做了大太太闺中贴身丫鬟。陈瑶随大太太来钟府的第三年，由钟岩和大太太做主将她许配给了钟府的管家刘强，并腾出1套两间房给他们住。陈瑶与刘强成亲1年后便诞下筱婷。钟兴是大太太生的，比筱婷大两岁，他从小就喜欢和有着一双迷人大眼的筱婷玩，在他上学后，他每天都会将学习的内容告诉筱婷，俨然是筱婷的家庭教师。

　　他们在嬉戏、学习中渐渐长大，钟兴已长成一个魁梧高大的英俊小伙，筱婷也出落成一个亭亭玉立的美少女，他们瞒着双方父母偷偷相爱了。

　　钟兴18岁那年，钟岩要钟兴与小1岁的弟弟钟旺一起去日本留学，钟兴虽然有些舍不得离开筱婷，但他是个孝子，父亲的安排他从来都是顺从的。临行前一天的晚上，钟兴悄悄将筱婷约到他们常去的一个小河边，对她说要她等他，他回来一定娶她为妻。筱婷答应不论钟兴去多久都等着他，并说非他不嫁。

钟兴和弟弟到达日本后的第一件事就是给筱婷写信，他在信中写道：

亲爱的筱婷：你好！

远离你让我好难过，这些日子我除了想你还是想你，我不知看不到你的日子该怎样熬过。你近来好吗？你在想我吗？我不在你身边你要好好照顾自己，千万记得不管发生什么你都要等我回来。

等着我，我未来的新娘！

祝

快乐、安康！

兴字

1945 年 8 月 1 日

情愫缠绵

钟兴将信发出后，却一直没有收到筱婷的回信，但他相信筱婷深爱着他，不会不给他回信的，一定是有什么事耽搁了。

钟兴在苦苦等待筱婷回信中熬过了 3 年，他不知道发生了什么导致筱婷一直没有给他回信。3 年后，他和弟弟钟旺学成归来，在回家的路上他满脸幸福地对钟旺说："我回家的第一件事就是和筱婷结婚。"钟旺说："筱婷是下人的女儿，门不当户不对，父亲肯定不会同意这门亲事的。""我会说服父亲同意的。"钟兴信心满满地说。钟旺说："但愿如此吧。"

钟兴和钟旺回到家，正是午饭时，钟兴顾不上吃饭，扔下行李就往筱婷家跑。到了筱婷家门口，他一边敲门，一边对着门里喊："筱婷，我回来了。"他连敲带喊地叫了几声都无人应答。他将门轻轻推开，谁知进门一看，满屋灰尘，筱婷不在，筱婷的父母也不在，看满屋厚厚的灰尘，想必已很久无人住了。筱婷一家去了哪里？为什么筱婷不在这里等他回来？问谁谁都摇头不答。

钟兴见不到筱婷，就连她的一点点信息都没有，他郁闷、不安。他茫然地来到曾经留下他们无数甜蜜和欢笑的小河边。靠近河边的一艘小船上，一位50多岁的渔夫正在撒网捕鱼，见钟兴向河边走来，停下手中的活，对他大声喊："喂——小伙子，快过来，我有话对你说。"钟兴循声望去，觉得这渔夫好眼熟，便快步朝他走去。走近一看，果真见过。有一次他和筱婷在河边漫步，筱婷看到渔夫在船上捕鱼，很想到船上去看看，便对渔夫说："伯伯，我们到你船上看您捕鱼好吗？"渔夫是个善良的好心人，马上将船靠到他们所处的岸边，笑着对他们说："孩子们，上来吧。"筱婷未等渔夫的话落音就往船上跳，谁知她这一跳让船失去了平衡，她掉到了河里，是渔夫迅疾跳入水中将她救了上来。他们怕回去挨骂，还到渔夫家将衣服烤干了才回家。"小伙子，你还记得我吗？"渔夫冲着沉浸在回忆中的钟兴说。"记得，怎么会不记得您呢？

是您救了筱婷。"钟兴仿佛还沉浸在回忆中，双眼迷惘地看着渔夫。"明天傍晚你再到这里来好吗？我带你去我家见一个人。"渔夫神秘地说。"您带我去见什么人呢？"钟兴疑惑地问。"明天你见了就知道了。"渔夫仍神秘地答道。莫非……钟兴带着某种希冀等待着明天。

　　次日，钟兴如约于傍晚时分来到小河边，渔夫早已在船上等候。待钟兴上了船，他一路默不作声，将船径直朝他家的方向划。渔夫的家在河边的山脚下，背对着山。他们在渔夫家附近的岸边下了船，步行至渔夫家门口时，渔夫大喊："孩子他娘，有客人来了。"渔夫的妻子应声出门迎接，她一看是曾经来过她家的钟兴，便冲着他说："小伙子，你怎么不早点从日本回来呀？要是早点儿回来就好了。""您这话是——"钟兴不知渔夫的妻子为何说出这番让他摸不着头脑的话，他似乎从这话里嗅出一种不祥的兆头，难道是与筱婷的失踪有什么关联？他这样想着，不禁心跳加速。

　　渔夫的妻子告诉钟兴他寄给筱婷的信让他父亲看到了，便将筱婷赶出了钟府，筱婷一时想不开就在他们常去的那个小河中自尽了，筱婷父母受不了丧女之痛，双双服毒身亡。

　　钟兴听罢，心如刀割，泪如雨下，因悲伤过度当场昏死过去。渔夫掐着他的人中，拍打着他的两颊，好不容易才将他弄醒。他醒来后，慢慢睁开悲伤的泪眼，只见一位姑娘端着一碗水立在他身旁，眼里噙满泪水。这姑娘不是别人，正是他日思夜想悲泣已永远离他而去的筱婷。他由悲转喜，激动地一把将筱婷抱住，嘴里不停说着"感谢上天，你还活着，如果没有了你我活着还有什么意义"。"我能活着见到你，这得感谢伯伯。是他又救了我。"筱婷告诉钟兴被钟老爷赶出来后，她万念俱灰。钟老爷说一个下人的女儿想做钟家的媳妇是痴心妄想，要她永远离开钟家，他不想再看见她，这明明是将她往死路上逼啊！她一个弱女

情愫缠绵

子能去哪儿？她绝望地来到小河边，嘴里一边说着"钟兴，对不起，原谅我不能等你了，是你狠心的爹不让我等你，我只有等来生当你的新娘了"，一边向河中央走去……这一幕正巧被每天在河中捕鱼的渔夫撞见，救了她，问她为何这般傻？她将缘由告诉了渔夫，并要渔夫不要告诉任何人救了她。好心的渔夫夫妇收留了她，将她当自己的女儿一样待她。她离开钟家后，她的父母托人四处打探她的消息，有人某天在河边发现了她的一只鞋，便告知她父母说她投河自尽了。后来渔夫听人说，她父母听到这噩耗，悲痛欲绝，双双服毒而亡，为此，渔夫还感到深深内疚，因为怕走漏筱婷还活着的消息而没有将真相告诉筱婷的父母。

钟兴听完筱婷的叙说，才知筱婷一家因为他父亲的势利、绝情受到了如此惨烈的伤害，他发誓要用他的一生来弥补，他不能让筱婷再受到半点伤害，他要用生命来保护她。他要筱婷暂时继续留在渔夫家，待他安排好一切再来接她。

钟兴从渔夫家回到钟府，直接去找父亲，他不动声色地问父亲："筱婷一家去了哪里？""你别妄想娶一个下人的女儿做我们钟家的媳妇，他们都死了。"父亲冷酷地说。"是您逼死他们的。为了让您赎罪，我要您为筱婷一家建一个富丽堂皇的墓，让他们的亡灵在这墓穴里安息，以求他们的宽恕。""你休想。"他父亲依然冷酷地说。"您如果不建，我就随他们而去。"他从裤兜里拿出一把刀对着自己的脖子。"小祖宗，我建，我建，你把刀先放下。"他父亲怕他真做傻事，答应按他的要求为筱婷一家建一个富丽堂皇的墓。对于富甲一方的钟家建一个富丽堂皇的墓只是区区小事。一个月后，这个墓就建成了，墓穴里除了吃的什么都有，墓碑上还安装了一个能够进入墓穴的开关。

　　墓建好后，钟兴突然像变了个人似的，不再和家人同桌吃饭，每天只在自己的房间里吃，且饭量大增，三餐饭都要伺候他的人给他从厨房端两个人才能吃完的饭菜，钟府上下都以为他疯了，凡事都依着他。

情愫缠绵

钟旺与钟兴兄弟感情很好，他闲时总去看看疯了的哥哥，谁知有一天去看哥哥时，却看到了一个披头散发、满脸黝黑、身形有点像筱婷的女鬼，女鬼见到他，向她吐着舌头，做着鬼脸，吓得他一声尖叫，惊慌失色地转身向外跑，一直跑到父亲的书房……

钟旺看到的"鬼"的确是筱婷，在墓建好后，钟兴就安排她住在富丽堂皇的墓穴里，他每天都会在吃饭的时间悄悄溜出钟府去墓穴里给她送饭。这天他等筱婷吃完晚饭，趁天黑偷偷从后门将她带入自己的房间，不想被钟旺撞见，筱婷只好装鬼将他吓跑。

已镇定下来的钟岩，不相信世上真有鬼，钟旺告诉他鬼的身形像筱婷，却又是在钟兴房间看到的，即便筱婷要寻仇也应该找他才对，而不应该去找她深爱的钟兴，再联想之前钟兴的反常表现，他想，这里面一定有蹊跷。

第2天晚饭时，钟岩悄悄在钟兴的房间窗外观察儿子的动静，只见钟兴将饭菜分成两半，自己囫囵吃了一半，将另外一半放在一个篮子里，用一块布盖着，然后提着篮子出了门。他悄悄跟在钟兴后面，只见钟兴打开墓碑上的开关，进入了墓穴。

钟岩看着进入墓穴的钟兴，便明白了一切。筱婷果真没有死，他的儿子正向被他这位势利、绝情的父亲逼得走投无路的墓穴中的恋人走去……

（本文作于 2013 年，2016 年 1 月 6 日定稿并首发于中国作家网）

情愫缠绵

暗恋

碧玉出生于 20 世纪 60 年代初，母亲和父亲是南方某师范学校的同学，母亲毕业后分配在省城一所中学任教，父亲则分配在距省城 80 多公里的某县一所小学任教，父亲吃住都在任教的学校里。碧玉与母亲生活在省城，每到寒暑假母亲都会带着她去看望父亲，并在父亲任教的学校住到快开学时才返回省城。

碧玉 15 岁那年的暑假，母亲照例带着她去看望父亲，这次她认识了一个人。

那天午饭后，父亲带母亲去学校外面观赏乡野景色，碧玉没有跟去，她想待在屋里看书。父亲在学校住的房子只有一间，是一个书房、卧室、客厅的混合体，房子里有两张床，一张大床和一张小床，小床无疑是碧玉的"专利"。父母出去后，她在父亲的书柜里拿了一本小说，坐在靠近小床的窗前阅读。

她正看得入神，忽闻有礼貌的三下敲门声。

"谁呀？"她没有马上去开门，视线也没有离开正在看着的小说。

"请问陈玉老师在吗？"门外传来有礼貌的询问。

碧玉一听是找父亲的，便赶紧将小说放在床上去开门。她打开门，只见一位穿着军装，身材魁梧，约26岁的解放军叔叔出现在她眼前。

"解放军叔叔您好，请问您找我爸爸有事吗？"碧玉礼貌地询问来者。

"没有，我只是来看看你爸爸。我姓秦，叫秦忠，是驻扎在你爸爸学校附近部队的文化干事，也是你爸爸任职学校的校外辅导员，你爸爸是校长，给过我很

情愫缠绵

多支持和帮助，学生放假了，我来看看你爸爸，感谢他的支持和帮助。"来者自我介绍。

"哦，我爸爸和我妈妈出去散步了，应该不会去很久，您进来坐吧。"碧玉一边说着，一边去拿椅子。

"好，那我等他一下。我常听你爸爸提起你和你妈妈，他说和你妈妈是同学，两人感情很好，他很疼爱你，说你叫碧玉，还说你的名字是他和你妈妈的名字组合。"秦忠一边坐在碧玉拿到他跟前的一把木椅上，一边与碧玉寒暄。

"是的，我妈妈姓金，叫金碧，我爸爸叫陈玉，我叫陈碧玉，大家都叫我碧玉。"碧玉一边沏茶，一边稚气地答道。

"碧玉，这名字真好，既象征你爸爸妈妈的爱情，又象征美丽、珍贵。"秦忠儒雅地接过碧玉的话头。

"谢谢您的赞美！您请喝茶。"碧玉将沏好的茶双手递到秦忠面前。

"谢谢！你真懂事，不愧为老师的女儿。你今年多大了?"秦忠一边用双手接过碧玉递给他的茶,一边询问。

"我今年 15 岁。"碧玉稚气地答道。

"啊!才 15 岁啊,还这么小。我 25 了,大你整整 10 岁。"听到碧玉的年龄,秦忠有一种莫名的失落,而这种失落的感觉只有他自己知道因何而起,15 岁的碧玉是不会明白的。

"碧玉,你能告诉你和你妈妈在省城住的地址吗?我有机会去省城时到你家看望你们。"秦忠带着一种希冀问碧玉。

"可以,欢迎您去做客。"碧玉不假思索地拿了一张纸,将省城的住址写在纸上,递给秦忠。

"到时可别忘了我啊。"秦忠从碧玉手中接过写有地址的纸,目光不自觉地定格在这个单纯、懂事、知书达理却还未成熟的小女孩脸上。这是一张镶着一双大眼的白皙的瓜子脸,挺直的鼻梁立在漂亮脸蛋的正中,甜甜的笑靥醉人心田。秦忠不禁在心中对碧玉说:"碧玉,快长大吧,叔叔等你,不,你应该叫我哥哥才好。"

情愫缠绵

15 岁的碧玉怎么也不会想到这个暑假认识的人，将会是暗恋她近 35 年的人。

秦忠没有等到碧玉父母回来就返回部队了。秦忠所在部队距碧玉父亲任职的学校五华里，没有交通工具，只能步行，部队规定即便是假日外出也必须在晚饭前归队。

碧玉在开学前一天与母亲一起回到了省城，回到省城后的第二周，她收到秦忠寄来的信，信中这样写道：

碧玉：你好！

我是秦忠，没忘了我吧。开学了，学习忙吗？一切好吗？甚念！

今天给你写信，只是问候一下，顺便给你寄一个笔记本，供你学习用。有时间给我写信好吗？代问你妈妈好。要熄灯了，就此搁笔。

祝

身体健康、学习进步！

秦忠

1976 年 9 月 6 日

秦忠寄给碧玉的笔记本的封面插图是两条红色的金鱼在清澈的水中遨游，在插图上端印着"鱼水情深"4 个字。碧玉对解放军叔叔非常敬仰，因为她从书本上认识的解放军叔叔个个都是英雄，她对秦忠也不例外。出于对解放军叔叔的敬仰，她给秦忠写了回信。她在回信中写道：

秦叔叔：您好！

来信收悉，谢谢您的问候和寄给我的笔记本。我和妈妈一切都好，只是妈妈教务忙，我学习忙。欢迎您有时间到省城来玩。

我要做作业了，下次再叙。

祝您

情愫缠绵

工作顺利、快乐安康！

碧玉

1976 年 9 月 20 日

　　碧玉将回信发出一周后，又收到秦忠的来信和随信寄来的一本有点点爱情故事的长篇小说，碧玉照例礼貌地写了回信，信中依旧只是简单而客套的话语。后来渐渐地不管碧玉是否回信，秦忠每周都给她寄来一封信，这样持续了一年，直至一年后的一天，碧玉的母亲金碧看了一封秦忠写给碧玉的信而终止。金碧看到的这封信，恰巧是秦忠在信中说要到省城来看碧玉，他在信中这样说道："我过几天到省城看你，到时我们一切不分彼此哟。"作为母亲，金碧对看到的这封信中出现的"我过几天到省城看你，到时我们一切不分彼此哟"的字眼很敏感，她知道秦忠已爱上碧玉，只是情窦未开的碧玉不懂，碧玉这时还只有 16 岁，她不能让女儿早恋，必须叫停。那天，金碧很严肃地对碧玉说："以后不准再与秦忠通信，你马上给他写信，告诉他我不准你们再通信了。"碧玉当时不明白母亲为什么要这样做，但她是个孝顺的女孩，母亲的话她都会听。她顺从母亲，听话地给秦忠写了信，她在信中写道：

秦叔叔：您好！

　　您以后不要给我写信了，我妈妈不准我们再通信。
　　祝您
　　工作顺利、身体健康！

碧玉
1977 年 9 月 28 日

秦忠收到碧玉告知其母亲不准与他通信的来信后，再没有给碧玉写过信。从此便与碧玉断了联系，直至34 年后通过网络找到了碧玉。

碧玉与秦忠已 34 年没有联系，34 年过去，碧玉已从小女孩步入知命年，家庭幸福，事业有成。碧玉

情愫缠绵

的丈夫是一位知名作家，女儿是一位高级白领，碧玉自己是某名牌大学的著名教授。

　　已步入花甲之年的秦忠早已转业到北方老家，当年虽断了与碧玉的联系，但他从未忘记过她，他期待她赶快长大，期待能在她长大时再见到她，这期待深深埋在他心底，化成思念，化成遐想……为了这份期待，他40岁才不得已在父母的逼迫下与当地一位女子成婚，这女子对他很好，他们已有一个可爱的儿子。

　　秦忠是个聪明的文化人，在部队当过文化干事的他，接受新鲜事物很快，在花甲之年学会了使用电脑，并通过网上查询，找到了碧玉父亲同事的女儿，通过她获取了碧玉的手机号码。他给碧玉发了一条短信，他在短信中这样写道："碧玉小妹：你好！我是秦忠大哥，多年不见一切好吗？我现在虽已成家，但我始终没有忘记那个深深刻在我记忆中的小女孩，你当时年纪太小，不懂我，而我又不能向你表白，后来你妈妈又反对我们通信，我只好将对你的爱埋在心底。没有和你在一起是我一生的遗憾。"为了拉近与碧玉之间的年龄距离,他自称"大哥",他害怕碧玉再称呼他"叔叔"。

不再稚气的小女孩而今已是淡定、睿智的女人,秦忠认识的碧玉是一个稚气的小女孩,曾经暗恋的碧玉也是一个稚气的小女孩,他根本就不了解已长大成熟的碧玉,碧玉是个传统、善良的女人,绝不会在已婚后惹风月之事伤人、伤己,且当年稚气懵懂的她只是将秦忠当解放军叔叔敬仰,秦忠的所有暗示她都不曾领会。

碧玉收到秦忠的短信很淡定,她写了一首诗回复秦忠:"女孩当年不懂情,叔叔不必常挂心。陈年往事不足提,好好珍惜身边人。"

秦忠没有让碧玉失望,这位曾经让碧玉敬仰的解放军叔叔不失为一位君子,他深知爱一个人不必一定要拥有,他也从碧玉的诗中领悟了爱是成全而不伤害他人,他决定好好去爱他的妻子。他没有再去打扰碧玉,只是将这段长达35年的暗恋尘封在记忆里。

(本文作于2011年9月,2016年1月11日首发于中国作家网)

情愫缠绵

智商在秋天苏醒

有人说热恋中的人智商为零，而对思曼来说只是暂时"冬眠"，当一份自我塑造的梦幻般的、理想的爱破灭后，"冬眠"的智商便随之而苏醒。

某年夏季的一个夜晚，位于某市中心的松竹公园热闹非凡，这里正举行"夏季啤酒狂欢节"，除了按常规到这里来散步和跳舞的人，还聚集着许多看热闹的、订货的人群，可谓人海如潮。忙碌了一天的思曼对啤酒节并不感兴趣，她来松竹公园是为了释放工作累积的疲惫，只是恰巧碰上这热闹场面而已。她漫不经心地站在一块平地上看一群人跳交谊舞，她正看得入神，一个30岁左右的男子仿佛从地底下冒出来似的，带着一股浓烈的啤酒味突然出现在她眼前，像老熟人似的大胆地邀她跳交谊舞。思曼一向是个苛求且心高气傲的人，自恃舞艺高超，加之有点洁癖，闻不得一点异味，一般只是看别人跳，从不轻易与人共舞。思曼打量着突然出现在她眼前的这个嘴里带着酒味、身上散发着汗酸味的男子，没有一丝想与之共舞的兴趣，她应付着说："天太热，不想跳，怕出汗。""就跳一支吧。"这个男子央求着说。出于礼貌，思曼与他跳了一支慢四，之后这个男子主动对思曼说他在公园附近的一个机关上班，名叫姚望，临别还问了思曼的手机号码，思曼看他并无恶意，就将手机号码告诉了他。茫茫人海中的相遇、相识，或天意，或缘分，思曼与姚望也许是前者，不知天意将给他们安排一个怎样的故事？

几天后，思曼收到姚望发来的一条短信，短信内

情愫缠绵

容是："鹅一去鸟不归，怀念昔日空费心，云开月明双比影，水流几次又相逢，明日日落人骑月，单身贵族尔相称。你若知道这个谜底请告诉我。"思曼是个绝顶聪明且有着深厚文化底蕴的女子，她一看便猜出了谜底，心想，这个男子真多情，仅见过一面就发一条谜底为"我不能没有你"的短信，为免误解，她没有将谜底回复他，只回复："这是一个不能说的谜底。"

次日上午，思曼接到姚望打来的电话，彼此都未提谜语之事，寒暄中思曼告知下午要去异地出差，姚望在电话里对她说："出差在外天凉时别忘加衣裳，天黑时不要在夜路行走，疲惫时要注意休息，空闲时与我聊聊天。"思曼明知这关怀的话语非他原创，但还是感动地说："好的。谢谢！"

思曼到达出差地点的当晚，收到一条陌生号码发来的短信，短信内容为："包一袋阳光，两把海风，自制几斤祝福，托人到美国买了些快乐，到法国买了几瓶浪漫，心的深处切下几许关怀，夏天的礼物赠给你，祝你欢乐常在。"

"谢谢你的礼物！"尽管思曼知道这是一条被无数人转发但不知原创是谁的短信，但书卷气十足的她只要收到善意的短信都会礼貌地回复。

"不用谢，这是你应得的礼物。"陌生号码回复。

"你的礼物慰藉一颗漂泊在异乡的心。能告诉我你是谁吗？"思曼猜出一定是姚望发的，因为她将出差的事告诉过他，为了确保自己的猜测无误，她还是试探性地询问。

"今天乘车一定很辛苦，告诉你吧，我是用别人的手机发的。猜猜我是谁？"对方回复。

"姚家弟子原来很浪漫啊。"思曼拐着弯回复。

"你如我所料，果真非同一般。人说温柔的女人是金子，漂亮的女人是钻石，聪明的女人是宝藏，可爱的女人是名画，据我考证，你是世界上最大的宝藏，里面装满金子、钻石和名画。"对方用"借来"的语言夸赞地回复。

"你过奖了。"思曼谦虚地回复。

思曼出差回来后的第2天，姚望请思曼在一个舞厅跳19点至21点的晚场舞，思曼邀了另外两位朋友一起参加。

散场后，他们各自回家。思曼回家后收到姚望发来的短信："回家途中路边的小草在欢唱。为什么?"

"因为……小草在为柏拉图而歌。"思曼明知姚望要说什么，却顾左右而言他。

"是的，小草在为一对知音而歌。"姚望有些不搭调地回复。

"人生难得一知音，珍之惜之。"思曼的回复只是就知音而论。

"把他珍藏在心里，永远永远!"姚望就话说话地回复。

"把她留在梦里，长长久久。"思曼说梦里就像说柏拉图一样，意思是只是精神的，她不想太直白，她不想伤害姚望。

"梦中，她美丽、大方、性感，充满春的活力。"
姚望说的话就显得有些直白。

　　他们就这样一来一往地发着短信，思曼给姚望的
回复只是一种文气和善意，这时的她对姚望并无男女
情意。

　　几天后的一个晚上，思曼与好友晓晴相伴来到松
竹公园，晓晴与一群舞友在公园的"露天舞厅"跳舞，
思曼独自站在与姚望第一次相遇的地方观看。也许是
触景生情，思曼不自觉地用手机拨打姚望的手机号码，
拨通后，姚望没有接，却给她发来一条短信："你在
干吗？""我在第一次与你相遇的地方，你来吗？"
"好，就来。""等你。"

　　姚望如约来到了他们第一次相遇的地方，他们聊
了好长时间，直到晓晴过来叫思曼回家，他们才依依
不舍地告别。

　　思曼与姚望分手后就将手机关了。第 2 天早上她
刚开机就收到姚望给她发的短信："你安全到家了

情愫缠绵

吗？我已躺在床上，但心情久久不能平静……""对
不起！昨晚与你分手后，我就关机了，今天才看到你
发的短信。""没关系，我每见到你总有很多感想，
便不自觉地给你发了短信。现在每天都有期盼和无限
快乐，感谢上苍赐予一份寄托。这种感觉真好。"
"彼此鼓励，让美妙的感觉成为工作、学习、生活的
动力。""这是爱升华的必然。""但愿这种美好的感
觉永慰彼此心。""心诚到永远。"快到上班时间了，
思曼得赶紧收拾去上班，便用一句"劳作后再叙"暂
时结束了短信交流。

　　1 个月后的一天，思曼突然病了，得了急性阑尾
炎，在医院做手术。29 岁的思曼已与丈夫离异 3 年，
因不想让父母及兄妹操心，她独自在医院做手术，情
绪很低落，不禁心中默默自语："谁知坚强下的脆弱？
谁知微笑中的哭泣？谁知强作精神后的憔悴?"并不自
觉地将自语用手机发给了姚望。

　　"假如需要我帮助，请电告我，我愿随时为你服

务。"思曼看到姚望的回复，感动得哭了。

"谢谢！我只是躺在病床上胡言乱语。"思曼矜持地回复。

"我想见你。"姚望的回复显得很多情。

"我不想让你看到憔悴的我。"思曼是个完美主义者，从不以邋遢憔悴的面貌示人。

"在我心中你永远美丽，即使有一丝憔悴在我看来亦是美的。"姚望回复的字里行间依然显得很多情。

"待我精神好些的时候再见吧。今天就用短信交流。"思曼坚持着。

"我只是心中想你，你身体不适就多休息吧。"姚望看思曼坚持不让他见，只好作罢。

"吾无时不在想君念君，但愿娇容永留君心。"含蓄的思曼用一种宛若不是自己在说的方式表达情感。

"你的身影永远留在我心中。"姚望继续着他的多情。

爱的伟大，超然令人心醉，令人神往。此时的思曼抛弃了骄傲，也忽略了曾闻到的令她反感的酒味、

情愫缠绵

汗酸味，并认定他是个好男人。

此后，姚望每天都会给思曼发短信，思曼无论多忙、多不方便也都会及时回复。

思曼与姚望相识后的次年3月的一个下午，他们在松竹公园踏青漫步，呼吸新鲜空气，欣赏自然风光。他们刚到那儿时，没有太阳，只有习习的柔风。他们走入一片林地，林地里有两张石长凳，靠近林地外面的那张早已被一对情侣占领，他们便坐到靠近林地里面的那张石凳上。他开始亲吻她，拥抱她，他们在石凳上相依相拥地亲吻着……思曼已被姚望弄得云里雾里，以为自己就是他的唯一，以致深深地爱上了他，此时的她智商已进入"冬眠"，姚望说什么她都信。这时，太阳奇迹般地钻出云层，树枝也随风翩翩起舞，她以为这是在为他们的爱喝彩。思曼是个理想主义者，她用理想的思维憧憬着爱情，她希望与姚望相爱相守一生。然而，现实并没有朝着她理想的方向发展。姚望对她的爱并非她想象的那么深刻，他除了甜言蜜语、亲吻、拥抱，没有为她做过任何实质性的付出，就连对她说的她是他唯一所爱的女人都是假的。

6个月后的一天，姚望发短信给思曼问她在干什么，思曼说在医院看病，姚望说去陪她，当时孤独无助的思曼便答应了。思曼得了重感冒，头痛、浑身无力，正在某医院的三楼看病，姚望到达医院后，与思曼打了一个招呼，便拿着一张报纸在三楼的走道上看，没有帮思曼去做交费、拿药之类的事。拖着病体忙上忙下的思曼多想姚望能对她说："需要我帮忙吗？"但她始终没有等到这句话。恋人相处感觉是最重要的，姚望这次象征性的陪伴令思曼感觉很不好，他在她心中的分量也随之打了折扣。

无独有偶。一天，他们一起在某餐厅吃饭，思曼被一根鱼刺卡了，她当时很难受，跑到洗手间七弄八弄才将鱼刺弄出来。姚望一直津津有味地独自吃着饭菜，连问都没有问一下，他这种漠不关心的表现让他在思曼心中的分量又打了一折。

更有甚者，姚望与她在一起的时候总是背着她打电话和发短信，智商处在"冬眠"状态中的思曼起初并没在意，但次数多了渐渐让最见不得鬼祟之举的思曼感觉姚望一定有事瞒着她。

31岁的姚望已在4年前结婚，但他没有告诉思曼，直至有一天他妻子在他和思曼一起吃饭时打来电话，思曼才证实自己的猜测。在她的追问下姚望才告诉她已结婚，但他说与妻子结婚后性格不合，经常吵架，感情早已破裂，他要离婚是妻子不肯，他说他只爱思曼，他不能没有她，并表示不再与妻子同居。智商仍处在"冬眠"状态中的思曼相信了他的谎话，虽然姚望在她心中的分量已打了很多折扣，三角关系也令她感到矛盾和痛苦，但重情的她还是满怀希望全身心地投入。她为这份爱默默地付出了很多，也牺牲了很多，就连钟爱的文学创作也放弃了。

姚望每年春节都会与妻子去异地游玩，在他与思曼交往的几年中也不例外，智商处在"冬眠"状态中的思曼每次都是在包容、等待和痛苦中度过春节，直至第五年的春节，当姚望再次与妻子同行去异地游玩时，思曼方大彻大悟。姚望与妻子的关系并非他像她说的那样糟，他也没有兑现不再与妻子同居的承诺，依然与妻子双宿双飞，且每次与思曼谈及和妻子在外游玩的经历总是眉飞色舞、神采飞扬。思曼心想，如果是两个不相爱的人在一起一定不会是这种状态，既然他与妻子还爱着，那么他与她之间的恋情就是肤浅和虚伪的，她何苦要为一份并不真实的爱去坚守和浪费时间?！于是，她不再像之前那样痛苦，她开始拾起搁下的笔全身心地投入到文学创作中。

思曼为了那份自我塑造的梦幻般的、理想的爱而曾放弃了钟爱的文学事业，除了赖以生存的工作，几乎所有的时间和精力全用到这份爱上了。她不顾一切地投入到爱海中，不管海里是否有暗礁，为了爱即便葬身海底亦无怨无悔，然而姚望那一次次与妻子同行、夜夜与妻子同枕共眠使她心已回到海岸。她需要的是

情愫缠绵

全心专一的爱，她容不得一点沙子，更不想当第三者，她只为全心专一的爱而疯狂。

第五年春节以后思曼除了工作就是潜心创作，爱已从她心中渐渐逝去。

春去夏往，转眼已到秋天，当秋天来临时，思曼所有累积的不快和痛苦如同秋天的落叶均随风而去。这个秋天对思曼来说，是一个美好的秋天、收获的秋天，她曾"冬眠"的智商在这个秋天彻底苏醒，她不再为不该发生的故事沉醉、痴迷和存一丝眷恋。这个秋天她出版了专集，成了一名真正的作家。

(本文作于 2012 年 8 月，2016 年 1 月 15 日定稿并首发于中国作家网)

男儿无过

"几许闲愁，笑眉怎掩？浩瀚红尘，佳人何在？"29 岁的未婚男儿钟捷仰天自吟。

钟捷，明眸皓齿，英俊潇洒，身高 1.8 米，出身于书香门第，父母都是受过高等教育的国家干部，父母给他的家训是善良、诚实、守信、自强、自立。他精通财务、英语、数学、音律，可谓才貌双全。如此才俊却遇情路坎坷。

他 25 岁那年，有人给他介绍一位比他小 2 岁的小型五金店老板的女儿做女朋友，这是他交往的第一个

情愫缠绵

女孩。女孩身材矮小，相貌平平，研究生在读，他同意与之交往是因为忽视外在，重内在，他认为只要女孩人品好，有内涵，外貌差一点没关系。他与这女孩交往了几个月，他们约会时女孩总说没带钱，他除了在约会时花钱供女孩吃喝玩乐，还习惯性地在女孩回家时给女孩车费钱，他对女孩无微不至地关怀着、呵护着。然而，滑稽的是，出生于私企家庭、其貌不扬的女孩最终竟以他在私企工作不稳定为由提出了分手。他干脆地与女孩分了手，没有痛苦，没有不舍，有的只是这第一次情感经历给予他的反思和更加努力地去完善、提高自己的动力。与女孩分手后，他辞去原工作，应聘于一家国企，任财务主管。女孩从介绍人处得知这一消息，给他发短信认错，说是当初提出与他分手是因为不懂事，希望他原谅她重修旧好，他用沉默作为回复，他认为一个早已从他记忆中消失的人耽搁他回复半个字的时间都是浪费。

一年后，他再次经人介绍认识了一个比他小 5 岁的白富美，白富美的父母很喜欢他，他的父母对白富美的印象也算可以。他与白富美见过几次面后，发现她除了家里有钱和长得漂亮外，没有什么内涵，而且特别爱玩，有一次竟不顾他的感受抛下他独自坐的士不知去了何方，事后对他也没有一个交代。他感觉白富美是个不靠谱的女孩而断绝了交往。

　　他在国企工作的第二年的夏天，他父亲参加单位组织的旅游团去异地旅游，有人在与他父亲的交流中，了解到他与另一个团员的女儿均未处对象，便从中撮合。女孩年龄比他小3岁，他父亲旅游回来后将此事告诉了他和他母亲，他和他母亲一听是他父亲同事的女儿，且女孩的父亲与他父亲职务同级，认为年龄适合，门当户对，便商议先用照片相亲，见了照片有眼缘再约见。于是，双方各自将照片发给了对方。女方发来的是一张艺术照，而本来英俊帅气的他发的是一张在家拍的普通生活照，无疑两家见了对方的照片都很满意。不久他约女孩在一家KTV见了面，女孩本人的容貌、气质没有照片上好，但也不算丑。女孩回家后对父母说很喜欢他，女孩父亲将她的话传给了他的父亲，他的父亲又将女孩的话传给了他。他感动女孩的这份喜欢之情，便开始了长达一年的交往。交往中的每一次相聚，他不管多忙都尽心地事先安排好吃喝玩乐的地方，并总是提前在约好地点等她，而她却每次都是姗姗来迟，不仅如此，还总是不领情，抱怨他这没安排好，那也没安排好，让他感觉整个是花钱费力不讨好。他一直包容着她，他希望有一天她会改掉迟到和抱怨的毛病。然而，她始终没有改，还变本加厉。人的包容和忍耐是有限度的，一旦超越了限度，便不会再包容和忍耐。他认为迟到成习惯的人是没有责任感的人，也是不懂得尊重他人的人；总爱抱怨的人是无理取闹的人和不能共患难的人，也是不会给人带来快乐的人，更是极度充满负能量的人。在与她1年的交往中他已深深感受到了这一点，每次相聚让他感到的不是快乐，而是痛苦和不悦，他终于在一次不悦事件后，下定了与她分手的决心。

那天上午，他邀她去省博物馆参观"神秘西藏"。他们参观完毕，她什么也记不清，而他却能清晰地向她解说"达赖喇嘛"的含义，他说："达赖是梵语海的意思，喇嘛是上人的意思，达赖喇嘛就是智慧像海一样的上人。"他们走出博物馆已是中午12点，他们决定在附近的一家五星级酒店的美食街就餐。他们找了一个卡座坐定后，她先去上洗手间。她上完洗手间回到卡座，对他说："你去点单吧。"

"好。你喜欢吃什么呢？"他问她。

"我喜欢吃什么难道你不知道吗？别忘了点一盅汤。"她说。

"好。"他一边答着，一边将装着钱和手机、照相机等物件的提包放在座位上，并交代她看好，然后拿着点单卡走出卡座到大厅美食街开始点食物。

他先来到煲汤处，汤的种类很多，有当归炖乌鸡、西洋参炖洋鸭、筒子骨炖海带、排骨炖萝卜等，他不

情愫缠绵

知她喜欢吃哪一种，他们平时是不点汤的，便返回卡座想征求她的意见。谁知他回到卡座一看，不禁惊出一身冷汗！只见他装着钱和手机、照相机等物件的提包孤零零地在卡座的座位上，她像人间蒸发似的不见了踪影。他想，莫非她出了什么不祥的状况？他问服务员是否知道她去了哪里，服务员说不知道，这让他更担心了。正当他焦急地准备用手机拨打她的手机时，她带着一脸的笑若无其事地回到了卡座。

"你干什么去了？急死我了！我以为你出了什么不好的状况。"看到她无恙，他悬着的心放下了。

"我在洗手间洗手时将钱包和手机放在台板上忘记拿了，我急了，便赶紧跑到洗手间去找，幸好有人拾到交给了大堂经理。"她解释着突然消失的原因。

听完她的解释，他嘴上虽然没有责怪她弃他的提包于不顾，但心想：撇开我为你虚惊一场不说，你这样也未免太自私和没责任感了吧，至少你可以带着我的提包去找你的钱包和手机啊！如果不是我返回卡座想问你喝什么汤，也许我的提包就被人拿走了。他原本阳光明媚、春暖花开的心情，此时联想 1 年中他们一路走来的种种不悦而顷刻变得阴雨绵绵，秋凉花落了。次日，他友好地向她提出了分手，从此结束了长达 1 年的不爽之交。

他结束不爽之交后，热心人给他介绍了一个比他小 1 岁的公务员，他原想公务员的内在素质应该不低，不妨试着交往一下，看看是否真如他想的那样。他们的第一次相约的地点是在电影院门口，他先于女孩到达约定地点，女孩来到约定地点后，他们便到售票窗口买票。当他们走到售票窗口时，女孩拿出她的打折卡要他去充值，他接过打折卡，从自己的钱包里拿出 200 元充了值。他虽然毫不犹豫地往打折卡里充了值，但女孩的举动让他感觉很不好，他不是一个吝啬的男孩，他喜欢主动买单，最恨别人要他买单，他认为要别人买单的人是个只想占别人便宜的人，这种人是他不屑交往的人。尽管女孩给他的第一印象不好，但他

情愫缠绵

还是不想因为女孩的一个举动就去否定她，他想再给她一次机会，也给自己一次机会。然而，女孩第二次的举动让他彻底否定了她。女孩在他们第二次见面时看到他装在裤子口袋里的钱包鼓鼓的，便试图去拿他的钱包，一边伸手一边说："我来看看你钱包里有多少钱。"女孩这个举动让他对她再次产生了反感，他厌恶地推开了她的手，并从此再也没有与她交往过。

4年过去，在情路上经历了4次坎坷的钟捷转眼已29岁，这回他自己在一个公益交友活动广告中挑选了一个女孩的资料，从资料描述看是他喜欢的类型，资料是这样描述的：出身于书香门第，26岁，身高1.6米，从事教师职业。他想这应该是个靠谱的女孩，且与他家门当户对。于是，他便通过该活动的组织者获得了她的联系方式。他们先是通过微信交流，在交流中他对她的感觉还好，然而，当他们见面后却将他对她原有的好感砸得粉碎。

他们第一次见面是在一个周六。周六上午，她给他发微信，说约他下午去做一个捐赠活动的义工，他想，她应该是一个品德高尚、富有爱心的女孩，便欣然答应。下午3点，当他赶到她说的地点时，他收到她的短信，说她将地址说错了，要他赶到位于南边的一个地点，此时他所处的位置是她原来说的北边的地址，他从北往南折腾到晚饭时分。他压抑着心中的不悦与她见了面，他们见面的地点根本就没有什么捐赠活动，他见到的她身高不足1.56米，相貌平平。尽管他对她没有微信交流时的那种好感，也没有眼缘，但他还是绅士地请她吃了晚饭。饭后，她要他陪她去修手机，他又绅士地陪她去了手机修理店，修理店工作人员要她过几天来取，她便要他到时帮她来取，绅士而仁义的他没有深想便答应了。原本不必再见，却因手机不得不再见。他们第二次见面便是他约她来拿手机。

几天后，他到修理店取了修好的手机，付了50元修理费，然后与她约了一个交接地点。她如约来到约

情愫缠绵

定地点，从他手上接过手机，说了声没有零钱，也没有用 100 元整钱要他找的意思，这是他答应帮她取手机后早料到的境况，侠义的他根本就没指望她会付钱，他淡淡地对她说了声："不用付了。"尽管他对她的人品在心中已画了一个问号，但他依然绅士地将她送往回家的车站。

他们各自踏上开往自家方向的公交车，当车启动时，两辆车迅疾地朝着不同方向驶去，缘分也随之化作一缕云烟消逝在风中。

5 次坎坷，屡遇不淑，男儿无过，是非对错，人自评说。

（本文作于 2015 年 2 月，2016 年 1 月 19 日定稿并首发于中国作家网）

一缕云烟

在现实生活中人们总喜欢偏执地将滥情的男人与高富帅扯上关系，殊不知大千世界许多滥情者并非高富帅。秦鹃原本是个怀旧的人，只要是生命中经历过的美好都会深深地刻在记忆里永远不会抹去，她以为1年前中秋的那轮圆月亦会成为她记忆中的永恒，然而，那不过是一缕转瞬即逝的云烟。

1年前的一天，相貌端庄、气质优雅、身材苗条、芳龄25岁的秦鹃在朋友的婚宴上认识了比她大4岁的华忻翼。那天她参加朋友的婚宴因堵车而迟到，等她

情愫缠绵

赶到婚宴大厅时只剩华忻翼坐的那桌还有个空位，她只好坐到这个唯一的空位上。席间华忻翼主动向她敬酒搭讪，不喝酒的她以茶代酒应付着。婚宴结束时，华忻翼要了她的手机号码，她出于礼貌将手机号码告诉了他。华忻翼自从在朋友的婚宴上认识她以后天天给她发短信嘘寒问暖，并在这年中秋节约她晚上 8 点在名为"竹溪园"的茶馆相聚赏月。华忻翼告诉秦鹃"竹溪园"茶馆是一个环境幽雅，可品茶、享用美食、凭窗赏月的好地方。秦鹃出生于书画世家，她的爷爷、奶奶、外公、外婆及父母都是有名的书画家，她自己在美术出版社当编辑，生来骨子里就充满着诗情画意，对生活品质一向要求很高，她从不轻易去某个地方，也从不轻易结交某个人，更不会轻易找一个男朋友，她答应华忻翼赴约的理由只是感念他的嘘寒问暖和那个她想去体验一下的幽雅、浪漫的地方。秦鹃在上述两个理由的驱使下如约来到了"竹溪园"茶馆。

"竹溪园"茶馆的老板是位 40 多岁的女性，据说曾是一位中学老师，因为喜欢宁静、幽雅、恬淡的生活而辞职开了这家茶馆，名字也是她自己亲自起的。她将茶馆设计得很有诗意，大厅的地下是个圆形的水池，水池正中是座假山，环绕四周的通道弯弯曲曲、纵横交错地凌驾于水池上，通道下面流水潺潺；每条通道两旁无间隙地立着2米高的鲜活、碧绿的竹，那立在两旁的竹仿佛是欢迎宾客的仪仗队；地面、器具、窗几一尘不染，让人感觉舒适、洁净；卫生间设在茶馆尽头的拐角处，卫生间门的外侧一边紧贴茶馆尽头的墙，一边是一排2米高的小竹林，上卫生间的宾客第一眼看到的便是这排小竹林，令原本不雅处添了几份雅趣，若不细看指示牌便不知卫生间掩隐其中；包厢里除了电视机和古色古香的桌椅，墙上还装着一个小音箱，音箱里不断传出悠扬悦耳、荡气回肠的古琴声。在这种曲径幽幽，流水潺潺，绿意葱茏，窗明几净，琴瑟怡心之所品茶、聊天，食点心、鲜果，观电视，阅杂志，品味一份温馨、一份飘逸，惬意至极。

情愫缠绵

秦鹃与华忻翼尽情地享受着这美好的一切。当月亮升起的时候，他们伴着悠扬悦耳、荡气回肠的琴声，相依在包厢的窗前共赏明月。这夜的月好圆、好亮，从窗口射进的月光洒在他们身上，他们沐浴在皎洁的月光里，秦鹃感觉好幸福、好温馨、好浪漫、好有诗情画意，这种感觉不正是她想要的吗？华忻翼在她为这如梦、如幻、如影、如泡、如露、如电的表象沉醉时，吻了她，拥抱了她，她没有拒绝他，并将自己给了他。她希望此后的每个中秋月依旧，人依旧。然而，这所有美好的愿望都是她的一厢情愿，一切如梦、如幻、如影、如泡、如露、如电的表象短暂灿烂后全都化为云烟。

华忻翼生长于一个不健康的家庭，父亲华柳炳相貌丑陋、身材矮小，原是省城一家医院的内科医生，因嫌每月固定工资太少，便辞职自己开了一家诊所，后发现向各级大医院推销药品钱来得更多更快，便干脆做起了药品推销生意，这种生意还真为他赚了不少钱，让他过上了奢靡的生活，但也让他的灵魂变得越来越污浊。当他开着豪车在马路上奔驰时会将嘴里嚼过的槟榔渣抛向车窗外，为他打工的女孩个个与他有染，他有时甚至会与两个女孩同睡一床。华忻翼的母亲杨炫原是一家市级医院的药剂师，后辞职在其夫华柳炳的诊所当护士兼药剂师。杨炫是个胆小怕事、与世无争的女人，她只要丈夫每月给她 1 万元钱做家用就什么都不管不问，对丈夫的龌龊行径更是睁一只眼闭一只眼。华柳炳虽然钱赚得很多，但除了每月给老婆 1 万元家用外就是用来买豪车和玩女人。华忻翼虽没有他父亲华柳炳富有，但却继承了他父亲不帅的外表和滥情的恶疾。华忻翼与他父亲华柳炳所不同的是他父亲滥情是明目张胆，而他则比他父亲会掩饰，以致两个女人都被他蒙在鼓里。

华忻翼在认识秦鹃之前已与黄依依结婚，并生有一个女儿。黄依依与华忻翼同年，医学院毕业后在一家市级医院当医生，26 岁时经人介绍认识了在某机关

情愫缠绵

就职的其貌不扬的华忻翼，初次见面时黄侬侬没有看上华忻翼，后因华忻翼拼命追求及发誓一辈子对她好，决不背叛她而感动与他结了婚，并死心塌地地爱着他，而他的誓言却早已刻在流水上。黄侬侬虽然外表普通，但贤惠、痴情，她孝敬公婆，深爱丈夫和孩子，在她的生命中丈夫和孩子胜过一切。她细心照料着丈夫和女儿的饮食、起居。华忻翼的母亲在 4 年前因病逝世，他父亲也因酒驾出车祸断了双脚和多处受伤而瘫痪在床，黄侬侬不离不弃，将公公接到身边，尽心尽力地照顾着。如此贤惠、善良的好女人竟被滥情的丈夫欺骗着，更可悲的是她一直以为丈夫很爱他，还总是在人前炫耀丈夫经常陪她看电影、对她说好多甜蜜的话语。而另外一个女人也是这样被这个男人欺骗着，同样以为这个男人很爱她，并死心塌地一直等着这个男人向她求婚，这个女人便是秦鹃。

华忻翼喜欢让爱他的女人为他倾其所有地牺牲，甚至是倾尽她们一生的时光，他企望每个爱他的女人一生只为他一人守候，而他自己却不专情于任何一个爱他的女人。他既不忠于妻子黄侬侬，也不专情于情人秦鹃，他除了周旋于她们之间，还常另觅新欢。华忻翼能俘获黄侬侬和秦鹃这两个女人的芳心，并非他有帅气的外表和富有的身家，他只是一个机关的普通办事员，身高不足1.7米，他让两个痴情的女人对他死心塌地的唯一本领仅仅是甜言蜜语和小殷勤。他对两个女人说的统一台词是"我真的好爱你""我无时不在想你""我不能没有你"，也许他真的想过她们，但那只是他空虚时的短暂寄托而已。他与黄侬侬在一起时俨然是个模范丈夫，黄侬侬是个电影迷，每当新片上映，他都会投其所好，殷勤地买好票陪她一起观看，但他会在陪她看电影的同时借上洗手间之机偷偷给秦鹃发情话绵绵的短信。与秦鹃在一起时，他会陪她去一些幽雅、浪漫的地方吃喝游玩，并会在他们鱼水之欢时对她说："我爱你，我一定会娶你。"但他不会真的娶她，也不会忠于她。自从他们第一次在"竹

情愫缠绵

溪园"茶馆相聚后，他们便开始了交往和约会，秦鹃也因为那第一次相聚时的美好而一直痴心地等着华忻翼向她求婚，因为她不是随便的女孩，她已经给了他，她就应该嫁给他。华忻翼除了习惯性地在他们鱼水之欢时对她说"我爱你，我一定会娶你"，并无实际行动。秦鹃在不知华忻翼有家室的情况下与华忻翼维持着自以为的恋人关系。如果她愚钝，也许永远不会知道真相，然而，她痴情但却不傻，她虽无法用眼睛看到不想看到的，但耳能听到，心能感觉到，她对她交往的这个男人感到越来越陌生，她不知是否真的了解或真的认识他！他总是偷偷打电话和发短信，他诡秘的行为让她感觉他不是个忠诚坦荡的人。她为了自认为的美好沉醉、痴迷，甚至为之舍弃一切，没有要求，没有奢望，整个世界只有那以为拥有的唯一的美好，当心痛得不能再痛，碎得不能再碎时方醒悟一切均是虚无，从未真正拥有。一切的问题原本就有，只因沉醉、痴迷而看不清楚。

华忻翼是那种将女人推入万劫不复的深渊，当其粉身碎骨后他自己却扮可怜，说自己差点掉入深渊；他自己满嘴假话，却说被别人欺骗；他自己下作将一切弄得不可收拾，却不负责任将伤痛留给别人的人。当一切都被证实的那天，秦鹃看到了他丑陋的嘴脸。

华忻翼无论和谁在一起都是手机不离身，但人总有疏忽的时候。华忻翼与秦鹃交往后的第二个中秋节，华忻翼照例约秦鹃晚上8点在"竹溪园"茶馆赏月。这天原本是晴天，谁知他们在包厢里坐定后，天却下起了雨。雨打湿了包厢里的窗台，凉飕飕的秋风不时从窗口吹进包厢，令秦鹃感觉好寒。

这天黄侬侬在医院值班，突然想起出门时女儿要她回家时买支铅笔，她怕回家时忘记，便想叫华忻翼去买，于是，她给华忻翼打电话，她打电话时华忻翼正好去了卫生间，而这次他将手机放在包厢的桌子上忘了随身携带。秦鹃见华忻翼放在桌上的手机因来电而不停地振动，怕误了他的事，便拿起手机接听。电

情愫缠绵

话那头传来黄依依的声音："忻翼，女儿要买支铅笔，我在值班，你去买一下。"秦鹃听到电话那头的话语，顿时一切都明白了，她没有吭声，挂断电话将手机放回原处。华忻翼从卫生间回到包厢，坐到原来的位子，他从桌上拿起自己的手机拨弄着。此时的秦鹃看到眼前的这个男人恨不得将其碎尸万段，但她尽力压抑着心中极度的恨，她要看看他到底是个怎样的男人。她用平静的语调告诉华忻翼："刚才有人给你打电话，因振动时间很长怕误了你的事我就帮你接了。打电话的是你妻子，她要你给你女儿买支铅笔。"华忻翼虽有一丝心虚的慌乱，但还是故作镇定地辩解："我没有结婚，哪来女儿？一定是你听错了，我刚才看了一下通话记录，这是个陌生号码，想必是骚扰电话。""是吗？"秦鹃语气冷冷的、淡淡的。她整理了一下自己的情绪，接着说："秋寒雨冷月已阴，今时亦无当年景。红尘作弄满心伤，自食苦果自疗伤。"说毕，起身径自朝"竹溪园"茶馆的大门走去。她走出"竹溪园"茶馆的大门，头也不回地朝自家方向疾奔。

秋寒雨冷月已阴，今时亦无当年景。红尘作弄满心伤，自食苦果自疗伤。这是秦鹃的感受也是黄依依的感受，当电话那头有人接无人应答时她也明白了一切。纯真、纯情往往被无情亵渎，美丽的梦也往往被现实一个一个地粉碎。女人的悲哀往往源于执着、专情，原本美好的爱情却被滥情者亵渎得一文不值。

当所有的预感都被证实后，秦鹃除了恶心、想吐，对自己曾付出的无谓的爱再也不愿想起。黄依依也在那秋寒雨冷夜的两个月后与华忻翼离了婚。

曾经付出而无悔的爱才值得怀恋和记忆，曾经付出而悔恨的爱不值得再想起，1 年前秦鹃以为美好的那轮中秋月不过是转瞬即逝的一缕云烟，早已从她的记忆中抹去，再也找不到一丝痕迹。

（本文作于 2013 年，2016 年 1 月 21 日定稿并首发于中国作家网）

情愫缠绵

爱在不言中

迟幂曾希望她的爱情和婚姻永远充满浪漫色彩，她喜欢那种你侬我侬的感觉。然而，当她经历了一场风花雪月、悲情苦雨后，她才深刻领悟到爱并非蕴含在浪漫的色彩里和你侬我侬的感觉里，而是蕴含在那平淡无奇的默默行动里。

出生于我国中部某省的迟幂长到 23 岁只看过江和湖泊，她从小有个梦想，就是长大后去内蒙古看看茫茫林海和浩瀚的大沙漠以及辽阔无际、水草丰美的大草原。23 岁的她怀着这个梦想在公休假期间只身来到了内蒙古，她在呼伦贝尔大草原与蒙古族歌手苏德邂逅，两人一见钟情，闪电似的相爱了。他们在一起生活了7天，7天后她依依不舍地告别苏德，踏上了回家的列车。苏德目送着渐渐远去的列车，对着一直从车窗口向他挥手的迟幂大声说："迟幂，我爱你，别忘了我。"迟幂回家不久发现怀了苏德的孩子，当她想告诉苏德时，苏德却已去美国留学了。他们一直保持着电话联系，为了不影响苏德的学习和前程，她将孩子的事搁下没有告诉他。几个月后，她未婚生下了一个男孩。

　　由于东半球与西半球的时差原因，迟幂只能在零时以后给远在美国的苏德打电话，每次打电话前她都不敢睡，她害怕睡着会让等在电话那头的苏德担心、失望。苏德每次在他们通话时都会对她说"我爱你""我很想你"之类的情话，挂电话前还会在电话里给她一个吻，以致她为了苏德什么都愿意牺牲，她每个月的工资除了给自己和儿子留一点生

情愫缠绵

活费，其余的全部寄给了苏德。这个令她心心念念，梦魂牵绕的人占据着她整个的心，她所做的一切仿佛都是为了这个人。

　　某天，迟幂照例给苏德打电话，可接电话的不是苏德，而是一个女孩，女孩自我介绍说她叫安妮，是苏德的女朋友，与苏德是同学，他们在美国留学期间一直同居，并告诉迟幂她知道苏德有个女友，因为他们需要她资助，所以她也就不介意他与女友保持联系。听毕女孩的叙说，迟幂简直不敢相信自己的耳朵，她不相信这是真的。打电话前原本因爱而致全身血液沸腾的她，顷刻宛若掉进了冰海，全身血液均化成了冰，她被冰得没有了知觉，痛苦、难过、愤恨、绝望均已麻木。在经历了心痛、心碎、心死后，她仍然不相信这是事实，除非是苏德亲口向她承认，否则她永远不会相信这是真的。她要女孩叫苏德接电话，女孩说苏德不在。后来她给苏德打过很多次电话，都是这个叫安妮的女孩接的，每次都是同样的回复说苏德不在，渐渐地她不再给苏德打电话，苏德也未给她打电话，但她一直忘不了他，因为她真的很爱他。

一晃 8 年过去，8 年后的一天，喜欢唱歌的迟幂去某音像商店买歌碟时无意间看到了苏德的演唱专辑，苏德已成了有名的歌唱家。她当时激动不已，高举着苏德成名后的演唱专辑，跳跃着向商店里的人们大声炫耀："快来看啊，这是我男朋友的演唱专辑，我男朋友是歌唱家！"随后，她到火车站买了一张去内蒙古的车票，不顾一切地去找他。他们终于见了面，他对她的解释并非安妮说的那样，他说是在她打话的那段时间他出了车祸昏迷不醒，是安妮一直在照顾着他，安妮当时也是好心，因为她怕他再也醒不过来了，故意编了个善意的谎言让迟幂断了念想。后来在鬼门关走了一趟的他在安妮精心照料下终于醒了，他醒来后，安妮将一切告诉了他，他想迟幂一定恨死他了，他们之间的误会是解释不清了，事已至此，他为了报答安妮也就将错就错了。

情愫缠绵

他毕业回国后与安妮结了婚，并有了一个孩子，他说过去的就让它过去吧。迟幂虽然感到很失望，但不管当初安妮说的是不是真的，她都从来没有恨过他，因为她爱他，而今她理解他，她不想破坏他现在的生活，她发誓要找一个会唱蒙古族歌，并和她有过同样梦想的人作为终身伴侣。

1年后，她在一个电视相亲节目中看到一位曾在内蒙古教过书并会唱蒙古族歌的男嘉宾，并冲着这位男嘉宾而报名参加了这个节目的第二期。

男嘉宾名叫钟期，从师大声乐系毕业后，因为和迟幂一样向往那茫茫林海和浩瀚的大沙漠以及辽阔无际、水草丰美的大草原而只身去内蒙古求职。他被内蒙古一所中学录用当了音乐教师，在内蒙古生活了10年，后因要照顾身体不好的父母而调回中部某省当中学音乐老师。40岁的钟期，高大英俊，气宇不凡，在内蒙古工作时与一位蒙古族舞蹈演员有过一段恋情，因其不愿与他一起回中部某省而未修成正果。

迟幂容貌娇媚，身材苗条，气质优雅，33 岁的她已是某公司的高级白领。迟幂与钟期在节目中见面时，各自向对方讲述了彼此的经历，在迟幂的要求下，他们对唱了《敖包相会》，对唱完毕，迟幂接着要钟期为她唱一首蒙古族歌，钟期声情并茂地为她演唱了《呼伦贝尔大草原》。钟期富有磁性的歌声，深深扣动了她的心弦，她仿佛找到了初恋的感觉，情不自禁地在他演唱时为他伴舞，而钟期也被迟幂率真的性格、甜美的歌声、曼妙的舞姿深深吸引，他仿佛是为等她而来。

　　相似的经历和爱好注定了迟幂与钟期今生的缘，当主持人对他们说："如果你们愿意牵着彼此的手相伴终身，那么请两位站到舞台中间来。我倒数三下，我数到一时，你们也可以选择牵手或放弃。"主持人的话音刚落，他们就迅速相对站到了舞台中央，未等主持人数到二，两双手就迫不及待地牵到了一起。他们牵着彼此的手快乐而甜蜜地离开了节目现场，走向

　　　　　　　　　　　　　　情愫缠绵

只属于他们的幸福而美好的爱的殿堂！

　　他们交往半年后，走进了婚姻殿堂。钟期是个善良、老实本分的男人，与迟幂结婚后对她很好，待她的儿子也如同己出，特别是对她很忠诚，连一个异性朋友都没有。日常生活中迟幂喜欢吃什么、穿什么、用什么，钟期便会买什么，吃饭时好吃的总是往她和她儿子碗里夹，她有个头疼脑热时他便会默默地细心照顾着，他从他们交往到婚后从来没有对她说过一个"爱"字，但行动里满是情与爱。

　　迟幂曾抱怨钟期不够浪漫，连"爱"字都没有对她说过，然而，当她再回首时，方领悟平平淡淡才是真，钟期才是给她一辈子幸福的人，他用行动诠释了爱，也告诉人们真正的爱其实在不言中。

　　(本文作于 2015 年 5 月，2016 年 1 月 24 日定稿，26 日首发于中国作家网)

红颜之痛

红颜，若遇上懂得呵护和珍惜的人便是一生之幸，反之，则是一生之痛。两个红颜不幸遇到了后者，她们一生的快乐和幸福均毁于此。

1937 年年初，我国南方一个农家小院里的一棵高约 10 米的玉兰树上，数朵颜如白玉的花正随一阵婴儿诞生时的啼哭而盛开，微风将花香送入一对正琢磨着给刚出生的女儿取名字的夫妇房中，夫妇俩闻到玉兰花香不约而同地说："就给女儿取名玉兰吧。"

玉兰两岁后相继有了两个弟弟和两个妹妹，原本

情愫缠绵

不富裕的家境承载着 7 个人的生计，其苦寒可想而知。玉兰长到 16 岁已出落得亭亭玉立，楚楚可人，但老天却没有因此而怜香惜玉，为了减轻家里的负担，她不得不只身外出谋生。她在省城一家市级纺织厂找到了一份工作，每月工资除了给自己留一点生活费剩下的全部寄给父母贴补家用。她 18 岁那年经人介绍嫁给了一名钳工，本以为她从此有了一个怜香惜玉之人，殊不知却遇到了一个摧花者。

玉兰的丈夫是个自私而脾气暴躁的男人，玉兰嫁给他以后，他没有对美丽、善良、温柔、贤惠的玉兰有一丝怜爱和呵护，他不仅要玉兰负担家用，还动辄恶语、拳脚相向，特别是看到玉兰婚后一直没有怀孕的迹象更是变本加厉地对玉兰进行摧残。玉兰除了心灵上的伤痛，还要承受肉体上的伤痛，甚至常常被丈夫的拳脚伤得不得不吃药疗伤。她无数次地想结束这段痛苦的婚姻，摆脱这个令她痛恨的男人，但从一而终的传统观念让她至死都没能如愿。也许是心灵和肉体的双重伤痛及长期频频吃药疗伤的缘故，玉兰婚后5年都没有怀上孩子，她想，如果领养一个孩子也许会让她的伤痛得到一些缓解。于是，她便与已有一儿一女、腹中正怀着第3胎的堂妹谈及领养之事，她堂妹因为生活拮据，欣然同意将腹中未出生的第3个孩子过继给她做养子。

不久玉兰的堂妹生下了第3个孩子，是个男孩，因为这个孩子出生时太阳刚刚升起，故取名东升。东升上面除了哥哥、姐姐后来又相继有了妹妹、弟弟。玉兰的堂妹是个没有工作、没有文化的家庭妇女，除了在家带孩子就是服侍公公、婆婆，其丈夫是一个小工厂的普通工人，因为生活拮据，东升自在母亲腹中被指定过继给没有儿女的玉兰做养子后，从出生至参加工作前都是由玉兰花钱抚养。

东升的到来并没有减少玉兰双重的痛，她的丈夫依然如故，反倒让目睹养父对养母恶语、拳脚相向长大的东升成了她丈夫言语家暴和行为家暴的延续，让

情愫缠绵

另一个红颜承接了类似于她所经历的痛。

东升 4 岁来到玉兰家听到的是不绝于耳的养父对养母的恶骂声，看到的是养母被养父拳脚所致的累累伤痕，耳濡目染让他的性格、脾气渐渐地越来越像他养父，却没有一点像他亲生父亲。东升的亲生父亲是个性情温和，连重话都没有对妻子说过的暖男，有好吃的总是让妻子先吃，重活累活从不让妻子干，妻子不开心时总是想着法子哄其开心。东升的亲生母亲即玉兰的堂妹，身材臃肿，长着无法被上嘴唇遮住的门牙，但却有幸遇到了一个呵护她的暖男。东升的哥哥和弟弟因为是在这种温馨的环境中长大，他们长大后都仿效着父亲怜香惜玉，百般呵护自己的妻子，所以婚姻都很幸福。而原本可以幸福的东升却像他养父一样亲手毁了自己的幸福，也毁了一个红颜的幸福，并让这个红颜像他养母痛恨他养父一样痛恨他，无时不想离开他。

东升高中毕业后在一个省级单位工作，他的亲生父母与他一直保持着亲密联系，毫不顾及玉兰夫妇的感受，渐渐地玉兰夫妇与他亲生父母之间原本亲密的关系开始变得生疏，他的身世也成了玉兰夫妇心中不能碰的雷。

　　东升 26 岁那年娶了 24 岁的馨莲，馨莲美丽贤惠，聪明善良，知书达理，重情重义。馨莲与东升相识缘于一张照片，馨莲与东升的妹妹是初中同学，东升的妹妹很喜欢馨莲，馨莲也与其投缘，于是，两人便成了朋友。初中毕业那天，东升的妹妹要了馨莲一张在草地上跳舞的照片做纪念，并将照片放在家中书桌的玻璃板下。4 年后的一天，20 岁的东升去看望亲生父母时看到了这张照片，便对馨莲一见钟情。他要他妹妹介绍他与馨莲认识，他妹妹便在一个周日下午带他来到了馨莲家。他妹妹向馨莲介绍："这是我堂表哥，是我堂姨的独子，我带他到你家玩玩。"馨莲礼貌地说："欢迎！请坐。"他们在馨莲家天南地北地闲聊至晚饭时分，东升邀请馨莲和他妹妹一起去他单位吃晚

　　　　　　　　　　　　情愫缠绵

饭，说他单位食堂的饭菜味道不错，他妹妹也帮着邀请，馨莲拗不过他俩的盛情，便答应了。此后，东升经常单独到馨莲家玩，成了她家的常客，他们也成了众人眼中的一对恋人。

馨莲的父母都是老师，家里充满书香和文明，父母彼此相敬如宾，他们给予馨莲的是传统式教育，当她与东升成了众人眼中的一对恋人后，她的父母不管她心中是否已将东升当成恋人，总之，除了东升不准她再与其他男子交往。他们就这样顺理成章地走到了一起，交往6年后便举行了婚礼。在6年交往中东升每天都会给馨莲写感天动地的情书，无论馨莲在哪里他都能找到她，他向馨莲求婚时说会一辈子对她好，绝不会让她后悔嫁给他。馨莲感动着这份炽热，憧憬着婚后的幸福。然而，不幸却在婚礼那天埋下伏笔。

婚礼那天，婚宴共6桌，一桌坐着馨莲的家人和亲戚，另一桌坐着玉兰夫妇和东升的亲生父母及兄弟姐妹，其他四桌分别坐着馨莲和东升的朋友及玉兰娘家人。宴席上唯独不见玉兰丈夫家的人，这是东升的亲生父母暗地嘱咐东升特意不请的，馨莲根本不知情。然而，玉兰的丈夫却将此迁怒于馨莲，他认为馨莲是东升妹妹的朋友，一定是馨莲向着他亲生父母而故意疏远他们才这样做的。

婚礼后的第3天，玉兰的丈夫怒冲冲地跑到馨莲和东升的新房，将新房的凳子砸得稀烂。他一边砸一边骂，他不骂东升，只对着馨莲骂，骂她唆使东升故意不要他家的人参加婚礼，直到这天馨莲才从玉兰丈夫的骂声里知道东升的身世和他复杂的亲情关系，受了委屈的她什么也没有说，只是含着眼泪跑回了娘家。

馨莲喜欢宁静、简单的生活，当初愿意嫁给东升除了感动他炽热的追求，也因看中他是独子亲情关系简单。然而，婚后的生活不仅将宁静和简单全部打破，曾经因爱而结合的两个人，也因东升的不珍惜而让爱渐渐远去。

东升的亲生父母、兄弟姐妹三天两头地往他们家

情愫缠绵

跑，他们家开着流水席，逢年过节他们除了去东升的养父母家，还要去东升的亲生父母家，而后者又是玉兰丈夫最不能容忍的，每当这时他都会迁怒于馨莲，他对馨莲的积怨越来越深，馨莲尽量躲着他，直至1年后馨莲生了一个儿子关系才得以缓和。

玉兰夫妇将馨莲生下的儿子视为掌上明珠，含在嘴里怕化了，捧在手里怕摔了，馨莲因为感念玉兰夫妇对儿子的好而不计前嫌，与玉兰夫妇有了频繁的接触。当她正式融入这个家后，她渐渐了解了玉兰的不幸和东升的成长环境，她同情婆婆，并对婆婆像待自己的母亲一样孝敬，玉兰也对她很好，她决定努力让这个家的氛围变得好起来，希望婆婆从此幸福起来。然而，现实并没有朝着她理想的方向发展。

玉兰因为馨莲的孝敬和关爱以及小孙子带来的欢乐虽然让双重的痛减轻了许多，但那累积的痛终究无法消除，两年后的一天她带着这无法消除的痛去了另一个世界。年仅50岁的她也许在那个世界会找到一个呵护她、珍惜她的男人。

　　玉兰走的那天，她的丈夫摸着她冰凉的脸哭得像个泪人，他一边哭一边对着已不再有痛感的玉兰忏悔，嘴里不断说着："玉兰，对不起，我没有一天让你快乐过，我不该骂你，更不该打你，如果你能活过来我一定好好待你、疼你、呵护你。"人已去，悔之已晚。人一生中有需要冰释的误解和珍惜的情，有人懂得在短暂生命里及时冰释曾经的误解和珍惜今生拥有的情而让今生无憾，有人却遗憾终生。玉兰走了，她的痛随之而逝，而她的丈夫则一直活在忏悔中，后因肝癌而终。

　　东升没有从他养父的忏悔中得到启迪，随着年岁的增长，脾气性格越来越像养父的他比其养父有过之而无不及。他与馨莲结婚后，凡事不管对错都要顺他的意，一句话、一件事没顺他的意，便会一边骂着"老子砍死你"一边冲向厨房从刀架上抽出菜刀对着馨莲的胸膛，或挥着拳头骂："老子几拳揍死你。"常常让馨莲猝不及防。他很健忘，且又喜欢将自己的东西乱扔乱放，因乱扔乱放他常常找不到需用之物，每当这时他都会迁怒于馨莲，怪她动了他的东西，并恶狠狠地对着她骂："你妈妈的 X，老子剁掉你的手。"当他自己在家不小心磕着碰着时，他也会迁怒于馨莲，对着她毒骂："你这个猪，怎么不死呢？你去死噻。"馨莲耳茧里满是东升的毒语恶言，眼前出现的是东升频频拿着菜刀对着她胸膛和拳脚相向的穷凶极恶的画面，她生活在恐惧和憎恨里，她曾无数次地与东升心平气和地沟通，希望东升能与她和谐相处，但始终无济于事。她无法改变他，在充满书香和文明环境中长大的她更无法承受他的言语暴力和行为暴力，她是那么无助和无奈。馨莲没想到曾对婚姻憧憬着幸福的她命运却不幸与婆婆玉兰如此相似，她常常含泪对天悲吟："毒语恶言何时了？持刀挥拳几时休？绵绵伤痛花失色，薄命红颜恨恶男。"

馨莲和婆婆玉兰一样无数次地想结束这种痛苦的

婚姻和摆脱令她痛恨的男人，但她每次只要想到儿子便放弃了，她不想让儿子在一个不完整的家庭里长大。她含泪强忍着难以承受的言语家暴和行为家暴，期盼着儿子赶快长大，期盼着能有一部惩治言语家暴和行为家暴的法出台。

馨莲带着满心伤痛在强忍和期盼中煎熬着，儿子渐渐长大，惩治言语家暴和行为家暴的法也在她 55 岁时出台，但她的青春、快乐、幸福已逝，言语家暴和行为家暴所致的伤痛亦在她心中永远无法治愈，她只希望在法律的约束下不再有类似家暴所致的红颜之痛。

（本文作于 2016 年 5 月 30 日，同年 6 月 24 日定稿并首发于中国作家网）

心之一角

"我不奢望爱的永恒，只求那爱足以让我回忆一生。即便那爱苦涩而没有结果，我亦会带着永恒的甜蜜走向天国。"易萌常在心里吟咏这首自己有感而作的诗。也许命中注定易萌一生都脱不开情愫，她15岁就开始有了追求者，在她40年的生涯中不知经历了多少悲情苦泪，她那颗柔弱的心里满是情愫沧桑。许多情愫随着时间的流逝已成过眼烟云，而她心之一角却仍留着一段无法抹掉的永恒，那就是柯欣对她的那份山崩地裂般的爱。这份刻骨铭心的爱常常会不由自主地浮上她心头，呈现在她眼前……

　　20多年前的一天清晨，南方某城一辆由东向西的巴士被急着上班的人们挤得水泄不通，让人连气都喘不过来，有人竟被挤得脚跟悬空，易萌站在巴士前门与中门之间，被两头挤挤攘攘的人群夹在中间无法抓旁边的扶手。突然，巴士一个急刹车，将没有依靠的易萌猛地推到了柯欣跟前，四目相对，异口同声："你好！"在他们对视的那一瞬间，仿佛被对方拍了照，从此被永远地定格在彼此心中，即便岁月流逝，也无法抹去。他们在同一个单位上班，但不在同一个科室。柯欣是刚从某剧团乐队调来的，在此之前他们彼此并不认识。

　　说来也巧，柯欣的家与易萌的家只有一栋之隔。自从巴士上认识之后，柯欣每天早晨都会在路边等易萌一起去上班，下班后便会在单位门口等她一起回家。一路上他们海阔天空，谈工作、学习、理想，讨论莎士比亚、莫里哀、巴金、贝多芬……柯欣是个知识渊博的人，他精英语、懂文学、通音律，柯欣仿佛是易萌的老师，她像学生一样常常要接受柯欣的提问，当然，她的回答总是满分。

上下班途中留下了他们无数欢声笑语，也曾招来许多羡慕的眼光。然而，美好的时光总是很短暂。

"我考上大学了。"他们相识两个月后的一天，柯欣激动地拿着北方某名牌大学的录取通知书对易萌说。这份通知书对他来说是多么来之不易啊，仅为了能获准参加考试，他就在主管处长的家门口整整待了一夜，那考前复习的艰辛就甭提了。考试前，他几乎一个月没有回过家，24岁的小伙子每餐吃着单位食堂里缺少油水的饭菜，晚上睡在硬邦邦的办公桌上，忍受着汗水、蚊虫的侵袭，真是苦不堪言。老天总算没有辜负他，他成功了。

"祝贺你！"易萌由衷地为柯欣高兴。

"我明天要走了，送我好吗？"柯欣哽咽着说。虽然他与易萌从相识到相知只有短短的两个月，但自从他与易萌在巴士上对视的那瞬起，易萌仿佛就成了他一生不能舍、不能忘的人。

"好。我明天一定去车站送你。"易萌的语气显得很平静。

临走前这天晚上，柯欣来到易萌家，与易萌父母寒暄几句后，便来到易萌的小天地，两个人一个站着，一个坐着，一直聊到深夜2点。

"你有男朋友吗?"他们天南地北地聊着，柯欣终于提到了他们从未涉及过的问题。

"算是有吧。"在认识柯欣以前，易萌认识了同学君怡的哥哥，他叫武威，长得高大英俊，他从小就爱到易萌家玩，易萌的父母非常喜欢他，并认定他就是他们未来的女婿，易萌虽对他没什么感觉，但也并不讨厌他。武威除了英俊潇洒的外表，没有什么内涵，与易萌的兴趣、爱好无一相投。但武威有武威的可爱之处，他率直、豪爽，敢爱敢恨，且通人情世故，他在易萌的亲友中左右逢源。他们长大后，亲友们都认

情愫缠绵

定了他们的恋爱关系，易萌自己也云里雾里默认了。那时，易萌对爱还没有深刻的认识，直至认识了柯欣她才真正懂得什么是爱情。但父母给她灌输的"从一而终"的思想已在她的意识里深深地扎了根，她父母认为她已默认了与武威的关系，那么，就铁定了不能更改，否则，就是不道德的行为。单纯、幼稚的她不知道怎样去选择命运，只得听由命运安排。

尽管易萌不爱武威，但武威很爱易萌，武威为了博得易萌的芳心，费尽心思从书上抄了很多情书给易萌，为了易萌，武威什么都愿意，甚至牺牲自己。特别使易萌记忆深刻的是一个寒冷的冬天，武威用自行车送易萌回家，当时大雪纷飞，寒风刺骨，坐在自行车上显得特别冷。武威怕易萌冻着，脱下自己身上的大衣披在易萌身上，自己却冻得直哆嗦，还不时问易萌冷不冷。易萌原本就是个容易被感动的人，面对此情此景，她真希望自己能像武威对她那样对武威，却又无法做到，她对武威总是充满了歉疚。

易萌毫不隐瞒地将她与武威的事情一一告诉了柯欣。

　　"唉——真是相见恨晚。"柯欣听完易萌的述说，深感遗憾。

　　"我们永远是朋友。这个笔记本送给你留个纪念吧。"易萌一边安慰柯欣，一边递给柯欣一个在扉页上写着"友谊长存"的笔记本。柯欣接过笔记本，小心而珍爱地收进包里。

　　"好好复习，争取考上大学。"柯欣从包里拿出一沓自己用过的复习资料递给易萌，叹了一口气，伤感地离开了易萌家。

　　次日，易萌请了假，与柯欣的家人一道去火车站送柯欣，柯欣上车前将易萌叫到一边说了许多惜别的话，然后带着无限眷恋踏上了北去的旅途。

　　易萌的目光一直跟踪着柯欣乘坐的列车，直至它从视线中完全消失，才离开站台。

　　柯欣在北方读书的几年中，频频给易萌写信，先

情愫缠绵

是一周一封，接着是两天一封，继而是一天一封。开始只是谈谈大学的生活和学习情况，渐渐地她在他的字里行间感觉到了一种浓浓的、炙热的、让人无法抗拒的爱。由于武威的存在，她违心地竭力抗拒着那无法抗拒的爱。她给柯欣的每封回信除了问候及谈谈工作、学习情况，尽量避免用那些能使柯欣在情感上充满希望的字眼，她在信中总是称柯欣为"柯欣兄"，柯欣比她大 4 岁，她要柯欣与她以兄妹相称，柯欣问她为什么对他总是那么残酷，她说个中原因他应该知道。

每逢寒暑假，柯欣就归心似箭，他恨不能飞回家。他每次回到家，第一件事就是到易萌家去看易萌，向她倾诉对她的思念。易萌除了询问他的校园生活情况，对他的情感总是反应漠然。

柯欣上大学后第一次寒假归来，正值春节，年三十夜，他站在对着易萌家方向的凉台上足足放了 1 个小时的"冲天炮"，他一边放着，一边对身旁的表妹说："这是远方的呼唤，希望易萌能听到。"事后他表妹将这事告诉了易萌，易萌感动得哭了。

柯欣第二次寒假归来，正式向易萌求爱。这是一个寒冷的冬夜，雪下得很大，凛冽的寒风吹到人脸上生痛、生痛的。柯欣踏着厚厚的积雪，站在易萌卧室窗户下轻轻地叫着易萌的名字。易萌闻声来到窗前，柯欣示意她去他表妹家，说有事对她说。易萌家位于二楼，易萌的卧室窗户正好开在楼的背面，柯欣站在窗下说话很方便。易萌悄悄出门随柯欣来到他表妹家，他表妹的家人识趣地去了柯欣家，屋子里只剩下柯欣和易萌。柯欣从包里拿出三本用泪水写成的日记和一本在学院图书馆抄了好多天、扉页上写着"献给心中的亮光"的《普希金抒情诗选》放在易萌手中。易萌一页一页地读着柯欣那字字句句充满浓情的日记，她的心简直要碎了，原来柯欣爱她那么深，为了她，他拒绝了在高中时代就深爱着他的同学媛敏，也放弃了许多再爱的机会，而他得到的却总是痛苦和失望。

"萌，接受我吧，我会让你快乐和幸福。"柯欣流

情愫缠绵

着泪将易萌的双手放在他的脸上，然后跪在她面前，向她求爱。

"接受你，武威怎么办？"柯欣的爱让易萌好感动，眼泪也禁不住夺眶而出。

"你就忍心让我痛苦？"柯欣伤痛地说。

易萌不想伤害武威，更不愿伤害柯欣，她痛苦、茫然、不知所措，她不知道怎样回答柯欣，只是流着泪默默地看着他。

这一夜，易萌接受了柯欣的初吻和拥抱，生平第一次领略了爱的"电流"从心底流到脚底的那种难以言状的、美妙的、幸福的、只想将整个献给对方的感觉。这是她生命史上的第一次日出，也是她视为永远的最灿烂的一次日出。

武威觉察到了柯欣在苦恋着易萌，他很紧张，他到柯欣家大闹了一场，并在易萌父母面前告状，说易萌与柯欣在谈恋爱。易萌的父母是向着武威的，一怒之下将易萌赶出了家门。

柯欣爱易萌爱得山崩地裂，仿佛非易萌不娶，但他太书生气，有时又显得很怯懦，他缺乏武威那种敢作敢为的豪气。易萌被赶出家门后，柯欣未休完寒假，带着满心伤痛提前返校了。

　　易萌被赶出家门后，晚上就没了可宿之处，她又是个不愿麻烦别人的人，亲戚和朋友家她都不想去打扰，更不想让人知道被家里赶了出来。武威央求她去他家住一阵，无奈，她只好每天在单位吃过晚饭带着满心愁绪去武威家暂住。武威的父母对她很好，他们不知道她是被家里赶出来的。

　　柯欣返校后的第二天便是立春，俗语说"春来一日，水暖三分"，然而，这年可不比往年，虽已进入初春，但依旧让人感到还是深冬，水依旧还寒，风依旧刺骨，老天依旧不断向大地抛撒着雪花，大地依旧被白雪覆盖着，既看不到万物渐渐复苏的景象，也感觉不到春天来临时的一丝暖意，真可谓是春天里的冬天啊！易萌感受着冷酷的初春，想到柯欣的离去、自己

　　　　　　　　　　　情愫缠绵

被家里赶出来的境遇，不禁在日记中写道："春来雪纷纷，暖日仍是冬。"柯欣回校后不久，易萌就收到他的来信，柯欣在信中写道："衣带渐宽终不悔，为伊消得人憔悴。"他用柳永的这句词表白对爱的执着。

迫于家庭的压力及对武威的歉疚，易萌含泪给柯欣写了一封回信，她在回信中写道："我不过是天上的一片浮云，你不过是水面的一个浪花，借着月亮的光辉我把影子向你投下！风来了，你随波消逝，我飘荡天涯。你心中的亮光不过是个虚幻的影子，一个致你痛苦的魔王。我对着上苍，虔诚祈祷——不要让痛苦把你缠绕。请将往事当作梦一场，切莫为梦中的幻影忧郁愁伤。前面是悬崖，勒马吧，天涯何处无芳草。"柯欣回信道："芳草遍地，独钟一株。"爱情的美丽也许是因为它多经波折吧。

柯欣依旧不断给易萌写信，每到寒暑假依旧归心似箭，回到家第一件事依旧是到易萌家去看易萌，易萌则总是躲他，回避他。但柯欣全然不顾，他到易萌可能出现的地方去寻找她。有一次柯欣到易萌下班后必去的也是他曾与易萌无数次停留的巴士站等易萌，一不留神，易萌已上了一辆巴士，他发现时，巴士已启动，他一边叫着易萌的名字，一边追着巴士。易萌透过巴士后窗玻璃看到柯欣追了好远、好远……

为了让柯欣彻底死心，易萌匆匆草草地与武威结了婚。新婚之夜易萌想起了柯欣，仿佛要为柯欣守身如玉，她突然猛地将搂着她沉浸在幸福中的武威推开，独自睡向一边。他们就这样同床异梦地度过了新婚之夜。

柯欣从表妹那里得知易萌已结婚的消息，他咬破手指头用鲜血给易萌写了一封信。易萌打开信，跃入眼帘的是："恨你! 恨你! 恨你!"看着这几个令人心碎的殷红的字，易萌眼泪滂沱，肝肠寸断，她万般无奈地在心里哭喊着："柯欣，不要恨我，我的无奈你应该理解呀!"柯欣对易萌是百分之百理解的，他没有真的恨她，只是不想再回到家乡，他在给她的信中写

情愫缠绵

道："我不会真的恨你，因为对你我怎么也恨不起来。但我不会再回到家乡，那是一个伤心地。原本打算毕业后回家乡工作，现在已改变主意，我已申请分配到离家乡较远的津市，但不管到哪里我都会给你写信的，我对你的爱永远不会变。"

柯欣在易萌结婚后的第四年与大学同学杨桦结了婚，婚后他依旧对易萌不能忘怀，他在给她的信中引用了一首莱蒙托夫的诗："我俩分离了，但你的姿容依旧在我的心坎里保存；有如韶光留下的依稀幻影，它仍愉悦我惆怅的心灵。我虽委身于新的恋情，却总是无法从你的倩影上收心，正像一座冷落的殿堂总归是庙，一尊推倒了的圣像依然是神！"

为了彻底忘掉过去，易萌调离了原单位。她不想再乘坐她曾经与柯欣一道乘坐过的巴士，也不想再在处处皆留下柯欣身影的单位工作，她承受不了那触景生情的酸楚，她只有努力让自己去忘却。

柯欣后来写给易萌的信都是从原单位转来的，易萌认为她和柯欣都有了家庭不应该再有书信往来，便没再给柯欣回信。

易萌平平静静地与武威过了 4 年，并生了一个活泼可爱的女儿。

4 年后的一天，易萌突然接到柯欣打来的电话，她想，柯欣为得到她的电话号码一定经历了一番周折吧。

"萌，你好吗？我现在在你单位对面，你出来一下，我们见见面，也许是最后一面，因为我马上要到英国留学去了，可能不会回来了，现在我唯一放不下的就是你。"柯欣依旧那么深情款款，他的一字一句像一枚枚石子投进她的心湖，击起无数浪花，重新唤起如梦的往事。

易萌是多么多么想见柯欣啊，但她又怕见到柯欣，她犹豫、矛盾、彷徨，最后她还是没有去见柯欣。这天，她由于精神恍惚，下班骑自行车回家时，在一个十字路口与一辆摩托车相撞，幸亏摩托车司机刹车快，

情愫缠绵

否则，她也许已经从这个世界消逝了。

柯欣又一次带着伤痛离开了家乡，这一次可是去了地球的另一边，那么遥远。她想，也许这次他真的不会回来了。

柯欣去英国后，易萌一直郁郁寡欢，整天暗自落泪，因忧郁成疾，她病倒了。在她病危的那天夜里，武威送她住进了医院。她在医院住了 1 个月，武威每天细心地照料着她，他每天早早起床，在家里炖好营养品送到医院，然后看着她吃完，便赶去上班。她对武威充满了感激和内疚，她为柯欣"消得人憔悴"，却是武威照顾她，她深深地自责，她发誓从此不再去想柯欣，全心地对武威。

柯欣到英国后，一边在饭店打工，一边读书，每天很辛苦，也很紧张，但不管日子多么艰难，每逢年节或易萌的生日，他总不忘给易萌写信或寄张贺卡。后来，他经过艰苦奋斗，自己成立了一个保险公司，他的生活好起来了，更是忘不了易萌。

易萌为了让自己不再有空间去想柯欣，拼命地工作，由于她工作出色，被调到了上级机关。柯欣经多番打听，得到了易萌的电话号码，先是1个月给她打一次越洋电话，后来一周打一次，继而每天中午都给她打，因为他知道她中午在单位吃饭。他告诉她，他与妻子杨桦到英国不久就分手了，他要她去英国，他说他很需要她，他说他不在乎她有了孩子，他会将她的孩子视为己出。她为了不伤害武威，仍一次一次地拒绝了他。

　　柯欣去英国后的第七年，还是忍不住从英国飞回他曾视为伤心地的家乡，他要回来看易萌，他实在放不下她。柯欣回来后，易萌没有像过去那样躲他、避他，因为她给了他太多的伤痛，也给了自己太多的遗憾。她不想让柯欣再伤痛，也不想让自己再遗憾，她至少可以陪柯欣说说话，陪他在阔别的家乡到处走走。

　　柯欣回来的那天中午，他们相聚在一个比较安静的小饭店里。他们边吃边聊，柯欣向易萌叙说7年的

　　　　　　　　　　　　　　情愫缠绵

奋斗史及在国外的见闻。他在英国获得了博士学位，他比以前更显儒雅，谈吐更显博学，以致易萌自感才疏学浅，在柯欣面前觉得很惭愧。这些年她一直为情所困，整天在痛苦中挣扎，可以说是一事无成。柯欣没有觉察到她的感受，他一个劲地说着，有时又打住话头深情地凝目注视着她。她比他离开时更迷人，更具女人魅力，白皙光洁的脸上未施任何脂粉，透着一种"天然去雕琢"的自然美；她将她的头发在右边随意地束成一把，显得非常别致；她穿着一件前胸开口处镶着玫瑰红的黑色羊绒上衣，下面配着一条黑色的羊绒长裙和黑色的鞋袜，显得高贵、典雅。要不是旁边有人，他真想吻她、拥抱她。

他们从吃午饭时聊起，一直聊到饭店打烊方离开。柯欣说要永远记住这个小饭店，记住在小饭店里度过的难忘时光。

易萌与柯欣总是聚少离多，柯欣这次回家乡只待一个星期就要重返英国。他们仿佛要将这么多年失去的在短短的一星期里全补上，他们每天安排得满满的，他们去电影院看电影，去江边听涛声，去马路、公园漫步……有一次他们路过一家照相馆，柯欣要求易萌与他照张合影，易萌没有同意。易萌是个很原则且特别传统的女人，她认为他们不是夫妻，她可以尽量弥补对柯欣的亏欠，但决不做夫妻才能做的事情，也许在世人眼中这是很傻的事情，也许不会相信他们没有过更深入的亲密之举，但事实就是这样，即便情到深处他们也未逾雷池一步。

柯欣走的那天，易萌说好不去车站送他，她说她不堪经历那种伤心欲绝的离别场面。后来她还是忍不住悄悄去了车站，她没有让柯欣看到她。柯欣走了，易萌仿佛是到了世界末日，她放声痛哭，她顾不上路人用奇怪的眼光看她，她从车站一直哭到家门口方强忍住泪水。晚上她又躲在被子里哭了好久……

柯欣走后，易萌重新拿起了书本，一鼓作气从大专读到了研究生，这对已是妻子、母亲，且已30出头

情愫缠绵

的女人来说，所付出的艰辛是可想而知的。在易萌潜意识里这些付出仿佛都是为了柯欣，为了缩短与柯欣之间的距离。

易萌是个多才多艺、能歌善舞的女子，她曾为了表达对柯欣的思念，用自己美妙的歌喉录了一盒磁带交给柯欣一位回国探亲的朋友，叫他务必亲手交给柯欣，磁带里除了录着易萌的歌声还录着易萌一句饱含深情的话语："让我的歌声永远伴你左右。"这盒磁带对易萌来说既是原版也是绝版，此后她再没有录过磁带。

"我每隔两年回家乡看你一次。"这是柯欣回英国前对易萌的承诺，等待柯欣成了易萌精神的唯一寄托。

"柯欣，柯欣，你好吗？"多少年来易萌在心底深处无数次地这样呼唤着，她希望在异国他乡的柯欣能听到她的呼唤，她的关切。冥冥中也许真的有心灵感应，每当她在心底这样呼唤的时候，柯欣似乎感应到了她在呼唤他，总是适时地给她打来了电话，他在电话里说：“只要听到你的声音，我整个一天都很快乐！”这种感觉也是易萌想要对柯欣说的，每当她与柯欣通话以后，她便像只快乐的小鸟，天地万物在她眼中都显得那么可爱，平素那些在她眼中丑陋的东西此时也变得美丽起来。

20多年过去，虽然易萌与柯欣始终没有走到一起，但在易萌心之一角永远留着柯欣的位子，这位子仿佛在巴士上对视的那一瞬间就已留下，在易萌的意识里唯有柯欣的爱才值得她回忆一生，纪念一生，珍惜一生，才使她无憾人生。这心之一角的永恒将会随她带入天国。

（本文作于2000年，曾先后发表于华语文学门户网“榕树下”、英流网、湖南作家网，并被多家知名网站转载。2011年收录于《一缕荷香》专著中）

情愫缠绵

滴血玫瑰

每当玫瑰盛开的季节，冰洁总喜欢用花瓶插上一枝红色的玫瑰放在床头柜上，她喜欢那浓情似火般的红红的颜色和那美丽的花朵。然而，在某一天她却感觉那红红的颜色竟像是伤口上滴的血……

某年5月，正值玫瑰盛开的季节，冰洁照例用花瓶插上一枝红色的玫瑰放在床头柜上。这月一个周六的中午，冰洁正躺在床上午睡，一阵手机铃声将她从睡梦中惊醒，她睁开蒙眬的双眼，伸手拿起放在床头柜上的手机，手机上显示的来电号码是她大学同学赵纹的。

"冰洁，下午有空吗？去芙蓉歌舞厅唱卡拉 OK 好吗？我 1 点钟在芙蓉歌舞厅门口等你。"赵纹在电话里说。

"好。你约了哪些人？肖丽去吗？"冰洁原本是个爱唱爱跳的人，一听是去唱歌便满口答应。她想，她与赵纹只是一般同学关系，赵纹不会单独约她，至少肖丽会去，因为在大学同学中肖丽与赵纹的关系最好，赵纹一定会约她。尽管赵纹当时没有回答，但她还是这么想。

冰洁急匆匆地出门拦了一辆的士，直奔芙蓉歌舞厅。她到达芙蓉歌舞厅时，只见赵纹一个人站在门口等她。

"只有你一个人？你没叫肖丽吗？"她看着赵纹愣了一下。

"今天没有约其他人。"赵纹淡然地说。

冰洁想，反正只是唱唱歌，两个人也无所谓，也就没有再说什么。

服务小姐将他们带到二楼的一个包厢里，两人便

情愫缠绵

开始一起唱歌。

冰洁的歌声悠扬悦耳，那音质、那技巧像是受过专业训练，赵纹的歌唱水平不怎么样，但还不算难听。他们两人一起对唱了《敖包相会》和《过上一把瘾》。他们边唱边海阔天空，谈工作、学习、生活、爱情……

"我不想同我女朋友结婚了。"赵纹抚摩着冰洁的手臂说。

"为什么?"冰洁推开赵纹的手问，她正在唱邓丽君的《又见炊烟》，问完继续唱："夕阳有诗情，黄昏有画意。诗情画意虽然美丽，我心中只有你。"

"我现在开始喜欢你了。"赵纹拿着冰洁的手说。

冰洁又一次推开赵纹的手，只当玩笑，没有吱声。

"你怎么就有白发了。"赵纹走到冰洁身边，轻轻地在她头上拔掉了一根白发。他认为披着乌黑长发的冰洁不应该长出一根白发。

当赵纹轻轻地为冰洁拔掉白发的那一瞬，冰洁好感动，觉得赵纹好温柔。不禁想起有一次她要求丈夫帮她拔掉头上的一根白发，丈夫却粗声对她说："老子懒得帮你拔。"从此以后，她再没要求丈夫为她拔过白发。

"不唱了好吗？坐下来说说话。"赵纹突然柔情地说。

"好吧。坐下来听你倾诉。"尽管冰洁很想继续唱歌，但一向善解人意的她，只好放下话筒坐下来和赵纹说话，因为赵纹正谈到他与女朋友的事。

"我与她相恋4年，但两人在一起却没有话说，也没什么感觉。我从未想过要娶她，因为我并不爱她。"赵纹说。

"你应该把你的想法告诉她，以免造成婚姻悲剧。"冰洁开导地说。

"我不能告诉她，那样会伤害她，她漂亮、贤惠、温柔，也很爱我，我不想伤害她。"赵纹无奈地说。冰洁想，赵纹一定是个善良、有责任感的男人。

也许是音乐制造了情感的氛围，赵纹开始显得有点激动。他打量着她：她穿着一件淡黄色的短袖针织上衣，下面配着一条黑色的筒裙，一双黑色的皮鞋配

情愫缠绵

着一双黑色的丝袜，看上去是那样别致、典雅；皮肤白皙光洁，秀气的脸上不施任何脂粉；层次分明的双眼皮下扑闪着一对迷人的大眼，挺直的鼻梁下贴着两片薄唇；一举手、一投足都透着一股自然的、与众不同的优雅气质。他从来没有这样打量过她，上课时她总是坐在第一排，而他又总是坐在靠后的位置，尽管她是班委，但接触还是很少。他想，这是个从外表到内在都比较优秀的女人，她能歌善舞，兴趣广泛，无论什么都具有一定档次。她对什么都是那么高调，对工作、友情、爱情……乃至业余生活无一不追求完美，但现实又常常不如她愿，她除了自身才艺上的完美，其他方面均是残缺的，她品尝了仕途的不顺、同事的妒忌、朋友的背叛、婚姻的失败。尽管如此，她对生活仍然很积极。虽已步入中年，但她的心态还像 18 岁的少女，她仍然有梦、有渴望、有激情。

"冰洁，你气质真好。"赵纹说完，猛地将冰洁搂在怀里。冰洁推开了他。

"说说你与丈夫的事吧。"趁冰洁不备，赵纹轻轻地吻了她一下。

"家庭琐事没什么好说的。"冰洁向旁边挪了一下，坐得离赵纹远一点儿。

"说吧，我想听。"赵纹一边说着，一边向冰洁靠近。

"我与他早已是同室分居，活脱脱一对名义夫妻。"冰洁淡然地说。

"那你是怎么与他结婚的?"赵纹关切地问冰洁。

"我与他是经朋友介绍认识的，他常到我家来玩，一来二往，亲友们便认定了我们的恋爱关系，几年后就稀里糊涂结了婚。他脾气很坏，在家动不动就发无名火，恶语伤人，摔东西，有时简直让人无法忍受。"冰洁忧伤地说。

"你应该嫁给一个文化素养高、脾气性格好的丈夫，想不到……唉！跟他离婚吧，这样生活有什么意思。"赵纹柔情地说。

"不。他虽然脾气坏，但很有责任感，我除了做点

情愫缠绵

家务，家里其他事情基本都是他安排。就像你不想伤害你女朋友一样我也不愿伤害他。"冰洁善良地说。由于她相貌姣好，多才多艺，婚后仍有许多优秀男子追求她，但她不是那种滥情的人，她抗拒许多的诱惑，从不轻易接受一个男人的爱，一旦接受便会死心塌地。她是个专一的人，且又是个绝对的爱情理想主义者，为了理想中的婚姻生活她曾做过许多努力，但最终还是以理想破灭而告终。有时候她的确需要向人倾诉，需要有人抚慰，赵纹表现出来的温柔、体贴，让她好感动，不知不觉中她将赵纹当作了唯一的知音，同时也被赵纹亲密的举动弄得有点晕晕乎乎。但她在被赵纹弄得晕晕乎乎的时候，理智总是提醒她要守住最后的防线，她拼命地抗拒着赵纹，但最终她的心还是被赵纹征服了。

　　冰洁与赵纹唱完歌已是下午五点半，赵纹叫了一辆的士送冰洁回家。的士启动不久，天突然下起了倾盆大雨，冰洁想，老天怎会落泪呀，难道预示着什么？

自从冰洁与赵纹在芙蓉歌舞厅唱歌后，赵纹便频频约冰洁，或去跳舞，或去郊游，或去品尝美味佳肴，或去看电影，或去……他们像恋人一样享受着所有恋人们的浪漫，赵纹常常对冰洁表白他很爱她，说冰洁是他唯一爱过的人，说他会努力去筑一个与冰洁长相厮守的爱巢。冰洁在不知不觉中深深地爱上了赵纹，以致泥足深陷，无法自拔。此时的冰洁，赵纹说什么她都相信。

　　随着他们感情的不断深入，冰洁渐渐地有了排他心理，每次与赵纹在一起时，她最受不了赵纹女朋友的来电，特别是赵纹与女朋友通话时的那种柔声曼语的神情令她心酸、心痛，而这心酸、心痛里同时渗透着对虚伪的赵纹的恨。然而，在爱中迷失了自己的冰洁心酸、心痛、恨过以后，依然还是爱着赵纹，直至次年春节赵纹带着女朋友回老家及赵纹回来后与冰洁相聚时背着冰洁在卫生间给女朋友打电话时，冰洁才从爱的梦幻中醒来。

　　这年春节赵纹带着女朋友回了异地的老家，他与

情愫缠绵

女朋友每天在宾馆里相依共眠，冰洁盼望赵纹能在大年初五回来，因为这天日历上显示的数字恰好是他们相识、相恋那天的同一个数字，并在心中想着怎样为他接风洗尘，往常他们都是在这一天相聚庆祝。然而，这天晚上6点，赵纹给她发来短信："已在返回途中，会很晚到，只能次日见了。"冰洁知道这是赵纹与女朋友在一起不方便而说的搪塞之辞，但让爱变得智商为零的她还是期盼着次日的相聚。

次日中午，赵纹约冰洁在芙蓉歌舞厅见面，依然是在二楼包厢里唱歌。他们在包厢里各自唱了几首歌后，赵纹突然说要出去打个电话，赵纹站在包厢门外用手机给女朋友打电话，包厢里的冰洁将音响按到暂停，赵纹在门外与女朋友通话的内容全被冰洁听到了。赵纹依然是柔声曼语地对女朋友说："我们单位上午通知说发了鱼，工会会派人送到每个员工家中，我和他们说了送到你那里，你喜欢吃鱼，你留着慢慢吃啊。"包厢里的冰洁只觉天旋地转，那颗原本被酸、痛、恨刺得千疮百孔不断滴血的心仿佛碎成了片，令她痛不欲生，她仿佛被他抛入了万丈深渊，任由她粉身碎骨。她捂着碎成了片的心，带着伤痛、带着对赵纹的恨，也带着对自己的恨，愤然离开了包厢。

回到家，冰洁呆呆地、死一般地在床上躺了好长时间，床头柜上那枝插在花瓶里原本鲜活艳丽的红玫瑰已枯萎、凋零，撒落在床头柜上的红色花瓣仿佛是从她心中那道伤口中滴出的血……

几天后的一个中午，她的手机不停地响着，她看了看手机上显示的号码，任它去响，直至手机没了电，发出最后的声响。

此后，人们再也没有在冰洁的床头柜上看到红色的玫瑰。

（本文初稿作于 2000 年，原标题为"伤口"，后进行多次修改，曾先后发表于华语文学门户网"榕树下"、英流网、湖南作家网，并被多家知名网站转载。2011 年收录于《一缕荷香》专著中）

情愫缠绵

奇缘

初冬，空气里已开始弥漫着阵阵寒意，要不是去参加倚筠的生日聚会，也许雅音根本不会迈出家门。

这天下午 2 点，倚筠在天缘歌舞厅包了一个卡拉OK 包厢，邀请雅音及另外几个朋友在包厢里唱歌。包厢外面是舞池，舞池分中午场和下午场，中午场是 12点至下午 2 点半，下午场为 3 点至 5 点半，在中午场与下午场交替时，中间有半小时可供来天缘歌舞厅休闲的人们自己点歌。倚筠为雅音点了一首《真情永远》。雅音穿着一件质地考究的咖啡色中长连衣裙，脚着一双黑色短皮靴，站在舞池中央很专业地演唱着……尽管舞厅音响师放的是一张盗版碟，屏幕显示的歌词与音乐根本不同步，但雅音沉着、娴熟地跟着音乐将这首歌唱完了，并博得了热烈的掌声。

下午 3 时，舞厅的下午场开始了，倚筠与几个朋友在舞池与包厢之间穿梭着，他们在包厢里唱一会儿，又到舞池里跳一会儿。雅音在舞池里唱完那首《真情永远》后，就一直待在包厢里唱歌，她虽然也会跳舞，但她更喜欢唱歌，在朋友们出去跳舞的时候，她在包厢里一首接一首地独自唱着……

雅音站在舞池中央展示歌喉及在包厢里歌唱的时候，有一双眼睛一直在默默地关注着她。

"小姐，外面有位先生找你，说是你的熟人。"一位男服务员进到包厢对雅音说。

"熟人？找我？"雅音疑惑地跟着男服务员出了包厢。男服务员将雅音带到舞厅走道的一个拐角处，只见一位 30 岁左右、中等身材、相貌平平的陌生男子站在那里。

"我不认识他。"雅音警觉地打量着这位陌生男子，对男服务员说。

"你是杨霞的姐姐吗？"陌生男子很认真地问雅音，从他的表情里看不出有丝毫轻浮。

"对不起，你认错人了。"雅音说完，转身走了。

雅音回到包厢里继续唱歌。过了一会儿，那位男服务员又来到包厢，这时在舞池里跳舞的朋友们已回到包厢里。

"小姐，那位先生要你再出去见他一下。"男服务员对雅音说。

"请你转告那位先生，他的确认错人了，我不是他要找的人。"雅音这会儿有点害怕了，她听人说舞厅里是很复杂的，什么人都有，她想，八成是遇到坏人了。朋友们见她紧张兮兮的，关切地问她是怎么回事，她便将陌生男子将她误作杨霞姐姐的经过说给他们听。他们听后对她说："不要理他，他不是个神经病，就是个心术不正的人。"有这么多朋友在身边壮胆，她想，没什么好怕的，加之她自信平生没害过人，想必没人会害她。

雅音与朋友们继续唱歌，将陌生男子的事已抛到脑后。

"小姐，那位先生给你一张名片。"那位男服务员第三次进到包厢对雅音说。

"我说了不认识他，请你把名片退给他。"雅音有点不耐烦地说。

"他留下名片已经走了，他说你歌唱得好，只想认识你而已，没别的意思。"男服务员硬是将名片塞到雅音手中，仿佛雅音不拿着这张名片就是他重大的失职似的。也许是被那个陌生男子决意要认识她的诚心所感动吧，雅音竟鬼使神差地将名片收了起来，她曾将许多的名片在主人转身后便随手扔了，唯独这张没有扔，这也许是天意吧。

那个陌生男子叫晨皓，是某媒体的采编，他到天缘歌舞厅是为他姐姐的小孩找一位钢琴老师，那位钢琴老师与他约好在天缘歌舞厅见面。在天缘歌舞厅他一边等着那位钢琴老师，一边注视着雅音的一举一动，连雅音向倚筠抱怨那张盗版碟的事他都一清二楚。

　　雅音曾试图去摸清晨皓的底细，后来一想，晨皓并没首先去了解她姓什么、叫什么、干什么方决定去认识她，而是在对她一无所知的情况下决意要认识她，他仅仅凭一种直觉，一种人与人之间的信任，那么，她又何须去做那些无谓的事呢？

　　雅音感动晨皓决意要认识她的执着和诚意，她想，也许她与晨皓之间可能真有某种缘分，凭直觉她也相信晨皓不是个下三烂的人。她没有听朋友们的劝诫，她认为晨皓真的是认错人了。她根据名片上提供的手机号码，拨通了晨皓的手机。

　　"喂，晨先生吗？你真的认错人了，我不是杨霞的姐姐。"雅音诚恳地说。

　　"没关系，你姓什么？我怎么与你联系？我想认识你，因为我与你有一种似曾相识的感觉。"晨皓的声音很温和。

"还是我与你联系吧。"与陌生人打交道，雅音不免有些谨慎。

"好的，希望有机会再见到你。"

两周后的一天晚上，雅音的一个朋友因升迁在百灵鸟歌吧包场请客唱歌，要雅音邀请几个朋友助兴，雅音鬼使神差地将晨皓列在了被邀者之中。

"喂，晨皓吗？我是你在天缘歌舞厅误作杨霞姐姐的那位姐姐，我和几位朋友在百灵鸟歌吧唱歌，你来吗？"雅音想，只是唱唱歌，多一个朋友也无所谓。

"我一听声音就知道是你，不好意思，今晚我有点事，下周一好吗？"

"我下周一要到外地出差，等我回来再联系吧。你会唱歌吗？"

"会。"

"是用什么方法演唱呢？民族？美声？还是通俗？"

情愫缠绵

"都会。"

"你很全面，找个机会我们切磋切磋。"

"好的。"

雅音周一坐火车去了外地，在外地她忽然想起一句"相遇是缘"的话，便用手机与晨皓通了一次话，并告知归期。想不到晨皓在手机里说了一句意思相仿的话。他说："我平常从不去天缘歌舞厅，想不到一去便遇上你，真是缘分。"

雅音从外地回来的那天下午，晨皓约她出去，她问晨皓出去干什么，晨皓说要她决定，她说去唱歌吧，晨皓要她选一个离她家近的 KTV，她想来想去还是天缘歌舞厅离她家最近，他们便决定去天缘歌舞厅。他们在天缘歌舞厅包了一个卡拉 OK 包厢，雅音将包厢里所有的灯都打开，开始，雅音觉得两人在包厢里有点尴尬和拘谨，但晨皓表现的那种坦诚、无邪，让她渐渐自然起来。

"你如果觉得尴尬就叫你的朋友一起来吧。"晨皓用纯得让人羞愧的眼神看着雅音，以致雅音感到这是个没有威胁的男人。

雅音婚后从未单独赴过男人的约，自称已修成"刀枪不入"，这次鬼使神差地这么做了，怕朋友们笑话，也没好意思叫朋友们来。她懵懵懂懂地与晨皓唱了一下午卡拉 OK。他们边唱边聊，真是说时投机，唱时默契。他们在包厢里对唱了《知心爱人》《我悄悄地蒙上你的眼睛》《慢慢地陪着你走》等，但纯粹是唱唱歌而已，彼此都很坦然。晨皓有时怕雅音觉得尴尬，当雅音独唱的时候，他便到包厢外走走。在与晨皓的接触中，雅音感觉晨皓是个聪睿上进、善解人意、颇有内涵的男子，且是个君子。他们在一起度过了一个愉快的下午。

自从晨皓与雅音相识后，晨皓天天都会打电话给雅音，晨皓是个履约的人，他说什么时候打电话给雅音，就一定会在约定时间准时打来，如因特殊情况推迟一点点，便会很认真地向雅音解释很久。晨皓身上具备的均是雅音所欣赏的，晨皓的温柔、多情、体贴常常令她心旌摇动。晨皓是个很懂得制造浪漫的人，他时不时地给雅音一些惊喜，一阵心浪翻滚。有时他与雅音刚通过电话，接着又给她手机上发短信，诸如"相遇是缘，相知是分，相爱是情"等之类。

晨皓与雅音相识后的第一个周末的下午，他们相聚在一个名叫"浪漫之都"的西餐厅。这是个饭时吃西餐，饭后喝茶的地方。这里的格调很幽雅，所有的卡座被绿色植物环抱着，吃西餐的时候餐厅里所有的灯都会一齐亮起，照得厅堂四周一片辉煌；喝茶的时候只亮着那若明若暗的灯光，使喝茶的人们在灯光下若隐若现，除了看清同桌的他（她），根本看不清其他人的脸；那张著名萨克斯演奏家肯利金的《永浴爱河》的碟循环地播放着，让人听了情意缱绻，情思悠悠。无疑，这是一个制造情感的环境。晨皓与雅音面对面坐着喝下午茶，他们伴着轻轻的音乐，边喝边聊。

"今天让我们敞开心扉吧。"晨皓显得有些激动。

"我每天只要给你打个电话，工作起来就显得特别有劲，日子也觉得过得飞快。"晨皓含情脉脉地望着雅音，以致雅音脸飞红云。

"与你在一起，我有一种心动的感觉，我真想伴着这音乐抱着你跳舞，可惜我不会跳舞。每个礼拜能够做到与你见一次面，每天给你打一个电话，我就心满意足了。"这个下午只有晨皓在唱主角，雅音很少说话，她是个内向的人，且在感情上总是处于被动地位。她只是默默地望着晨皓，用心静静地倾听着他的衷曲，尽管她早已被晨皓弄得情浪翻滚，但还是听时多、说时少。

说来也怪，曾有许多优秀男子倾慕雅音，雅音却从无感觉，而每当听到晨皓的声音，望着晨皓那双多情的眼睛，她心中便会有一种难以言状的感觉，这种感觉让她既快乐又害怕。她快乐，是因为又找回初恋的感觉；她害怕，是因为她怕自己泥足深陷无法自拔。

有的人出生在同一年代，却一辈子未曾相遇，即便相遇却不相识，相识却不相知，这就是所谓的无缘吧。雅音与晨皓跨越时间的鸿沟在茫茫人海中相遇、相识、相知，真是一种难得的缘，这缘虽然来得太迟，但却给了雅音许多的快乐和美好的回忆，假如雅音的时光能倒回去 12 年，她会让这缘延续，可惜她不能让时光倒流。雅音外表显得很青春，晨皓在天缘歌舞厅决意要认识她时，并不知道她的实际年龄，晨皓与她在一起的时候也从不问起，也许他并不看重年龄。

有次晨皓在电话里闲聊时，无意间说出了自己的出生年月，雅音从知道晨皓出生年月的那一刻起，就有一种莫名的惆怅，这惆怅令她心痛不已，潸然泪下，她比晨皓大 12 岁，她必须理智地中断这段年龄悬殊的奇缘，尽管她有许多的不舍，但她别无选择。

雅音怀着满心伤痛给晨皓发了一份电子邮件，邮件上的每个字的每一笔都滴着她的一颗泪，那是用泪写成的啊！她这样写道：

小皓：你好！

　　认识你是我此生所幸，谢谢你给了我许多快乐，让我度过了一段梦幻般短暂而美好的时光，但我不得不跟你说声再见！我比你足足大 12 岁，且已为人妻，还有一个正在上中学的女儿，而你却还是个未婚青年。缘，让我们相遇、相识、相知；现实，又让缘不得不终止。你见过盛开的昙花吗？我在电视上看过一则有关昙花的报道，那昙花盛开时真是美极了，那种美是其他花种无法比拟的，只可惜它展示美的时间太短暂了，人们还未来得及细细品味它的美丽，它已消逝无踪。昙花一现不正是我们缘分的写照吗？

　　人海茫茫，相遇相知难。奇缘难断，续之又难。难难难，上天罚我消磨情愫沧桑。再见吧，小皓！我会将我们这段缘在心灵深处延续，直至永远。

　　祝你幸福快乐！

　　　　　　　　　　　　　　　你的大姐：雅音

情愫缠绵

不久雅音收到晨皓的回复，晨皓在回复中这样写道：

雅音姐：你好！

记得我用手机给你发的"相遇是缘、相知是分"的短信吗？你我能够在茫茫人海中相遇、相识、相知是难得的缘分，我们应该好好珍惜。年龄只是一个数字而已，并不是感情的障碍，只要彼此相知、心灵相通，何必在意那年龄的悬殊，我对你并无奢求，只希望听听你的声音，和你在一起说说话，并不想影响你的家庭。就这点要求你都拒绝吗？你可以把我当成你的弟弟，或是顺其自然，千万别说"再见"，我们永远没有说"再见"的时候。

祝你永远年轻、快乐！

小皓

收到晨皓的回复，雅音感动涕零。与丈夫早成陌路的她，尽管有许多男人关心她，在意她，爱她，但她从不心动，也从不为男人落泪，晨皓是唯一让她落泪的男人，原因就连她自己也说不清、道不明，也许这就是缘吧。

雅音曾有一个非常优秀的弟弟，曾任某局局长，无奈天妒英才，病魔夺去了他年轻的生命。雅音与弟弟的感情很深，弟弟认为姐姐很柔弱，总是像哥哥照顾妹妹一样事事处处照顾着雅音。弟弟谢世后，雅音好长一段时间都处在悲痛中。雅音从晨皓的身上看到了许多弟弟的影子，譬如晨皓的聪睿、能干、体贴以及善待他人的性格。她仿佛与晨皓注定有缘，她实在舍弃不了，她决定调整心态，与晨皓续一份姐弟缘。作出决定后，她静下心来给晨皓写回复。她在回复中这样写道："奇缘续难，断更难。小皓，让我们续一份姐弟缘吧。"晨皓回复道："一切随缘吧。"

晨皓依然每天都给雅音打电话，说着许多多情的话语，他说这样也很浪漫。雅音也就顺其自然，随他去。她想，就照他说的，一切随缘吧。

情愫缠绵

几年后的一天，雅音的丈夫对她说："我们离婚吧，我心中已有别人了。"雅音的反应很淡然，她除了女儿，什么都没要，与丈夫友好地办了离婚手续。晨皓一直独身，得知雅音离异后，每天陪伴在雅音身边，接送雅音上下班，帮她一起料理家务，一起抚养雅音的女儿至大学毕业，雅音的女儿亲晨皓胜过自己的父亲。雅音的女儿参加工作后，雅音与晨皓不顾世俗的偏见，过着幸福而快乐的二人生活，他们相约在雅音70岁时正式举行婚礼。

（本文初稿作于2000年，后多次进行修改，曾先后发表于华语文学门户网"榕树下"、红网、英流网、湖南作家网，并被多家知名网站转载。2011年收录于《一缕荷香》专著中）

巧克力与玫瑰

坐落于沙城北部的怡心公园，是沙城唯一的一座免票公园。这里风景迷人，满园迎客松郁郁葱葱，花草争芳斗艳；鸟儿站在树梢上不停地婉转歌唱，蟋蟀伏在草丛轻轻低吟。每当夜幕降临，公园中央一块宽阔的平地上便会响起阵阵悠扬的音乐，人们伴着悠扬的音乐翩翩起舞。幽雅的环境，加之人们可免票入园，使怡心公园成了沙城人气最旺的一个休闲解闷的好处所。

初夏的一天，娟旖吃过晚饭，洗涮定当，便在卧

情愫缠绵

室里看书。忽听餐厅里传来"噼里啪啦"砸东西的声音。她跑去一看，原来是她那位脾气暴躁的丈夫从外面吃过饭回家，不知哪根筋不对，将她放在餐厅冰箱里准备冬天用的护肤品使劲往地下砸，一边砸，一边嘴里大声嚷着："放又不放好，害得老子拿东西不方便。"她柔柔地说："你把它放好就是了，干吗要往地下砸？"她丈夫凶狠地吼道："你再说一句，看我不打死你。"虽然她知道丈夫不会真动手打她，但她觉得丈夫的所作所为太伤感情，也太令她伤心。她想，如果丈夫爱她绝不会这样的，而且类似这样的言行已不是一次两次了，几乎成了丈夫的家常便饭，丈夫这种粗暴的言行已到了使她无法再忍受的地步。文静的她不擅长用吵闹解决问题，她决定用沉默与丈夫对抗。

自从那晚发生不愉快的事后，娟旖不管丈夫说什么道什么都不搭理，久而久之夫妻便成了陌生人，虽进出同一张门，但互不说话。丈夫每天很晚回家，甚至整夜不归，她也不去了解他的行踪，随他去。娟旖是个内向的女子，她从不愿向人倾诉自己的喜怒哀乐，她是那种将痛苦、烦恼及一切的不愉快统统吞到肚子里的人。但她有时候又需要释放，每当她的痛苦、烦恼及不快在肚子里撑不下去的时候，她便会去怡心公园将它们释放掉。

与丈夫形同陌路的娟旖每天吃过晚饭，便去怡心公园。每当她跨进公园，嗅到树木、花草的芳香，听到蟋蟀、鸟儿的吟唱，置身于音乐、舞蹈的海洋，她便忘却了所有的痛苦、愁伤。没有与丈夫说话，日子反而觉得平静、惬意。

某天，娟旖吃过晚饭，穿着一件嫩绿色的短袖衫，配着一条白色的裙子和白色的凉鞋，照例来到怡心公园。她站在公园中央的那块平地上看休闲的人们伴着音乐跳交谊舞，这是一个由来怡心公园休闲的人们自己营造的"露天舞厅"，每个月到这里来跳舞的人只需向提供音响的人交 5 元钱电池费就行了。具有文艺细胞的娟旖很会跳交谊舞，但由于性格清高，她来到

"露天舞厅"大多只是站在"舞池"边观赏，很少与男士步入"舞池"，只有能当"左腿"的女友婧君来了，她才会与她一支接一支不停地跳。

娟旖正在入神地观赏那些千姿百态的舞者，一位高大潇洒的中年男子走到她的身边。

"小姐，我们跳支舞吧。"中年男子诚恳地邀请她。

她打量着这位中年男子，中年男子看上去气宇不凡，不像是个花花公子。她没有说话，只是当中年男子走进"舞池"伸手示意的时候，她才与他共舞。中年男子频频邀她，他们伴着音乐连跳几支后，便停下来站在"舞池"边聊天。

"你知道今年的高考题目吗?"中年男子问娟旖。

"知道，是《诚与信》。"娟旖说。

"现在人与人之间缺乏的就是'诚信'二字，我认为人之交往，贵在'诚信'，不讲'诚信'的人没有真正的朋友。"中年男子感慨地说。

中年男子是个健谈的人，他天南地北地与娟旖侃着。娟旖感觉他谈吐不俗，颇有内涵，特别是中年男子阐述的那种以诚信待人的观点，在娟旖心中产生了共鸣，便对中年男子留下了一个良好的"第一印象"。

"我在沙城图书馆工作，如有用得着的地方，就联络我吧。"中年男子与娟旖分手时给了娟旖一张名片，她看了一下名片上的名字及工作单位，便随意地收了起来。

从小就有文学天赋的娟旖不知什么时候开始在网上"玩文学"，她几乎把全部的闲暇时间都花在了文学创作上，她梦想自己有一天出本个人文集，成为作家。她全身心地投入到了她的创作中，记忆里已淡忘了很多事情，怡心公园也有 1 年时间没有去过了。

次年初夏的一天，她吃过晚饭坐在电脑前准备打一份文稿，忽然想到大自然中呼吸一下新鲜空气，领略一下公园夜色，便漫步来到久违的怡心公园。走进怡心公园，一股树木花草的芳香便扑鼻而来，她深深地往里吸了两下，啊，好香！蟋蟀、鸟儿伴着音乐轻

情愫缠绵

轻地鸣唱，依旧那么婉转悠扬，仿佛人间仙乐，令人愉悦。星星点点的路灯点缀着公园夜色，公园中央那个"露天舞厅"两旁的路灯特别亮堂，这里是公园夜色中的最亮点，人们都不自觉地朝这个亮点涌来，他们有的跳舞，有的学舞，有的或坐或站地观舞，各尽人意。娟旖刚刚走到这个最亮点，便迎面走来一个右手牵着一个小女孩的中年男子。

"快叫爱姨。"中年男子指着娟旖对小女孩说。

娟旖漠然地看着中年男子和小女孩。

"不认识啦？我是沙城图书馆的。"中年男子笑眯眯地提醒娟旖。

"哦——"娟旖打量着中年男子，努力回忆着。

"想起来了，你叫乐平。"娟旖在记忆里搜索了一会儿说。

"这是你女儿？"娟旖指着小女孩问乐平。

"是的。"乐平说。

"怎么这么小？"娟旖疑惑地看着 3 岁左右的小女

孩，问已步入中年的乐平。

"只怪年轻时太挑，挑到 30 多岁才结婚，孩子又生得晚。"乐平自我解嘲地说。

"哦，原来是这样。"娟旖开始逗小女孩玩。她不与乐平跳舞，却拿着他女儿的两只小手随着音乐的节奏在"舞池"边不停地舞着，乐平坐在一个靠近她们的花圃边上看着她们舞，有时又走到她们跟前与娟旖说话。

乐平第一次见到娟旖时，就被娟旖深深吸引了。那天，他先于娟旖来到"露天舞厅"，他坐在距娟旖站的位子两米远的花圃边，目光随意地四处扫射，当目光扫射到娟旖身上时，他不禁为之一震。他观察娟旖很久，见娟旖只是站在"舞池"边看，却不舞，有邀者，则巧妙避开，他不禁暗吟："亭亭玉立小女子，皮肤光洁无瑕璧；绿衣白裙飘若仙，心境高洁宛如莲；梦里寻她千百回，原来却是眼前人。"吟罢，他便鼓着勇气走到娟旖面前邀她共舞，还好，娟旖没有拒绝他，

　　　　　　　　情愫缠绵

他当时暗暗庆幸着。

"喂，乐平，把你女儿还给你，我要走了。"娟旖唤着沉思中的乐平，将小女孩送到他跟前便走了。

第二次见到娟旖后，乐平连续几天都去怡心公园，他希望再次遇到娟旖，可娟旖一直没有去，他便也不去了。

1 年后的一天，乐平突然接到娟旖的电话，"喂，乐平吗？你还记得我吗？"娟旖在电话里试探着说。

"我听声音就知道你是谁，你是娟旖。"乐平很肯定地说。

"谢谢你还记得我。"娟旖第一次给乐平打电话，乐平就听出了她的声音，令娟旖很感动。

"请你帮个忙，行吗？"从不求人的娟旖不知怎么会如此直截了当地请乐平帮忙，也许是因为那良好的"第一印象"吧，她相信乐平不会拒绝她。

"行！说吧，你要我帮什么忙？"乐平爽快地说。

"请你帮我在 20 年前的《沙城日报》上找一篇有我

关我参加业务技术比武获奖的报道，具体日期我记不清了。"这份报道对娟旖很重要，是她 20 年前红极一时的凭据。虽然档案里有记录，但只记录了年份，没有记录月、日，档案实行电子化系统管理后，月、日不能为 0，而当年的奖状又因几经搬迁已不知去向，只能通过当年的报道找出来，她便想到了在图书馆工作的乐平。

"好吧，我帮你找。"乐平热心地说。

几天后，乐平打电话给娟旖说他在充满霉味的收藏室里将那 20 年前的报纸一张一张地翻，一张一张地看，一张一张地找，费了好大的劲，终于找到了那份登载有关娟旖参加业务技术比武获奖报道的报纸。娟旖是个性情中人，她将乐平为她做的记在了心里。

周末，娟旖吃过晚饭便开始搞家庭卫生，这是娟旖每周必做的"功课"。

娟旖搞完卫生已是晚上 8 点。她刚坐下来喘一口气，忽听手机响，她赶忙拿起手机接听。

情愫缠绵

"喂，娟旖吗？我是乐平，你晚上有时间吗？我很想见见你。"手机里传来乐平多情的声音。

"现在已是 8 点多了，改天再见吧。"从做晚饭到搞完卫生，娟旖周身已颇感疲惫，只想休息，哪里都不想去。

"还早呢，我们到聚缘剧院去看 9 时 40 分的电影好吗？那儿离你家最近。"乐平恳求着。

"好吧。"娟旖因感念乐平曾不辞辛劳地为她查找资料，不好意思再拒绝他，便答应了。

娟旖如约来到聚缘剧院，乐平早已等在门口，他满脸灿烂地迎候着娟旖。

"看什么电影？"娟旖问乐平。

"到售票处看看再说吧。"他们来到售票处，电影预告牌上写着："今晚 9 时 40 分放映英国故事片《阿里·波德》。"《阿里·波德》是一部带有浓郁神话色彩的儿童片，娟旖并不想看，但又不想扫乐平的兴，便没有说出来。乐平不假思索地买了两张情侣座位票。领着娟旖就往放映厅走，娟旖仿佛鬼使神差般地跟着"感觉走"。他们并排坐在情侣"包厢里"。

乐平一边看电影，一边不时侧过头看着娟旖，娟旖则始终正襟危坐地看着银幕。

"你靠在我肩上吧，这样会舒服些。"乐平看着正襟危坐的娟旖柔情地说。

"不，我这样很好。"娟旖依旧保持着原来的坐姿。

乐平告诉娟旖，他的妻子很凶悍，他总是企望有一天能用自己的温柔、体贴感化妻子，但始终是枉然。在一个寒冷的冬夜，他先于妻子上床，想用自己的体温把被子暖热，待妻子上床时就不会感到寒冷，但妻子并不领他的情。妻子上床时看到他睡在她的位子，便扯着嗓子吼："乐平，你去拿把尺量一下，看你到底要睡多宽，把老娘的位子都占了。"他当时伤心极了，委屈极了，后悔极了，他恨，恨自己择偶时挑来挑去挑到35岁挑了一个最差的，他真希望上苍能赐他一个温柔贤惠的女人，在她那里寻找一份理解和温情。

　　　　　　　　　　　情愫缠绵

他说娟旖仿佛就是上苍赐给他的那个期盼已久的女人，乐平一边叙说着，一边深情地注视着娟旖，竟忘情地一把抓过娟旖的双手。当娟旖那双无骨般柔软的手被紧紧地握在他手里的时候，他幸福得真想哭。他想，这双手的主人一定是个温柔、体贴、多情的女人，假如能一辈子拥有这双手，就是死了也值得。他轻轻地抚摩着这双手，轻轻地吻着这双手……

看完电影，乐平推着自行车一直将娟旖送到家门口，然后一步一回头地骑车离去。

自从在聚缘剧院"幽会"以后，乐平便频频约娟旖，他们有时在公园见面，有时在舞厅见面。也许是日久生情吧，娟旖终于慢慢地向乐平开启了尘封已久的心门，愿意与乐平保持一种比普通朋友好一点的关系，但他们最亲密的举动也不过是让乐平抚弄一下她的手而已。

娟旖与乐平交往了一段时间后发现，乐平原来是个极现实的人，凡事都要掂量是否对自己有利，付出了就一定要有回报，他把钱看得特别重，他与娟旖在一起的时候总是三句话不离一个"钱"字，娟旖越来越觉得他有点俗不可耐，特别是他在异性面前表现的那种油嘴滑舌，令娟旖很反感。她甚至怀疑，当初乐平留给她的那个良好的"第一印象"是个假象，她庆幸自己与乐平仅只保持了一种与普通朋友好一点的关系，否则她会像吞了一颗老鼠屎那样难受。

有一次乐平、娟旖及娟旖的好友丽丽3人一起在怡心公园漫步，乐平当着娟旖的面与丽丽调侃，他对丽丽说："你要是再结一次婚，我一定争取当新郎。"娟旖当时在旁边听了脸上没什么反应，但心里却有一种心酸的感觉。她想，乐平能够当着她的面与异性调情，那么平常背着她的时候一定很轻浮，很滥情。她后悔不该向乐平敞开那扇尘封已久的心门。她敞开尘封多年的心门，原本希望迎接的是知她懂她的专情人，然而此时她才发现乐平不是她理想的这种人。她在心中愤恨地吟道："劣性似孔雀，见异即展屏。不喜此秉性，唾之不与行。"她不再理会乐平，一声不吭地自顾自地走着。乐平没有察觉娟旖的变化，继续与丽丽调侃着。分手的时候娟旖敷衍地向乐平挥了一下手，冷冷地道了声"再见！"便头也不回地走了。

娟旖与丈夫已3年没有说过一句话，他们就像住在一个旅馆里的陌生人，各吃各的，各睡各的，直至第四年"情人节"他们才化敌为友。

"情人节"这天刚好是星期天，娟旖一直睡到上午11点多。她慢慢地睁开懒懒的双眼，当双眼张开时，一团红光立即跃入她眼帘，她定睛一看，原来是枕边放着一大束缀着水珠的红玫瑰，玫瑰上附着一张卡片，卡片上写着这样的话语："愿浓情似火的玫瑰溶化冰冻的心。"落款是"曾令芳心冰冻的人"。她知道这是丈夫的"杰作"，自谈恋爱到结婚，这是丈夫第一次送她玫瑰花。她想，要是没有那个不愉快的夜晚，也许她会很激动，但此时此刻她却一点感觉也没有。原本喜欢花草的她，没有急于将那束红玫瑰插入花瓶，也没有多看几眼。她开始起床洗漱，任那玫瑰"躺"在枕边。

娟旖洗漱完，刚走进卧室，便听到手机响，是乐平打来的。

"娟旖吗？我是乐平，今天是情人节，我们在一起过好吗？我买了两盒装潢精美的巧克力，准备送给你。"乐平满以为与丈夫多年没有说过话的娟旖会与他共度情人节。

娟旖一边听着乐平说话，一边看着"躺"在枕边的红玫瑰，她犹豫着，没有回答乐平。

"娟旖，你在听我说话吗?"乐平焦急地说。

娟旖仍然看着枕边的红玫瑰，沉默着。

这时，厨房里不断传来锅碗勺盆的声响及阵阵烹饪好了的菜香，她丈夫破天荒地在厨房里忙碌了一上午。

"娟旖，求你，说话吧。我在聚缘剧院门口等你，快来吧。"乐平几乎是在哀求。

"你还是与你妻子一起过情人节吧，那巧克力你也送给她，她一定会感动，也许从此会变得温柔些。以后你也不要再来找我了。"娟旖依旧看着枕边的红玫瑰，说完便将手机挂了。

娟旖刚将手机挂掉，手机又响了，她没有接；她将手机搁在床头柜上，任它去响。她将枕边的红玫瑰小心地捧起来，插在床头柜上的花瓶里，然后与丈夫、女儿一道共进午餐……

(本文初稿作于2002年，后进行多次修改，曾先后发表于华语文学门户网"榕树下"、湖南作家网，并被多家知名网站转载。2011年收录于《一缕荷香》专著中)

余悸

他们是一对很相爱、很相爱的恋人，他们彼此除
了爱还是爱地爱着，业余时间他们过着神仙般浪漫的
生活。晴天，他们去郊外观景、漫步、摄影；雨天，
他们去一些环境幽雅的中西餐厅一边听着餐厅里播放
的悠扬乐曲，一边品尝各种美味佳肴。

节假日他们去得最多的地方是那些环境幽雅的中
西餐厅，几乎星城里所有环境幽雅的中西餐厅他们都
去过。每当他们在餐厅里吃着果盘里被切成一块块、
一片片、一坨坨的鲜果时，他们会用叉子你一块苹果、

情愫缠绵

我一片梨地送到彼此嘴中；喝着杯中的饮品时，他们会不时将自己的杯子推向对方，彼此你一口、我一口地轮换着喝；品尝饭食之类的美味佳肴时，他们会你夹一点菜、我盛一勺汤地送到彼此嘴里或碗里。他们吃着、笑着、说着一些只有他们能听到的悄悄话……这种和谐场面令她感觉好温馨，水果在嘴里仿佛格外甜，饮品在嘴里也仿佛格外香浓，饭食在嘴里亦仿佛格外鲜美。然而，这份和谐、这份温馨却被她的一次不小心给破坏了。

那次，她用筷子夹着一块牛肉往他嘴里送，一不小心，牛肉没有送到他嘴里，而是从他的嘴边掉下来，落到了他的白色裤子上，虽然当时她赶紧忙不迭地拿餐巾纸为他擦拭，但还是在他的白色裤子上留下了一点污渍。此后，每当她准备往他嘴里或碗里送食物时，他都会用惊恐的动作或语言加以拒绝，令她心中感觉很不是滋味。

后来，他们再去中西餐厅的时候，她不再给他嘴里或碗里送食物，因为她害怕他那种惊恐的动作和语言，每当他以为她会给他送食物时，她便会首先声明她不会这样做，然后他们就不言语，默默地自顾自地吃着各种食物。尽管他们后来去的是往日同样的餐厅，听的是同样的乐曲，吃的是同样的食物，但她感觉餐厅里的环境已没往日幽雅，乐曲也没往日悠扬，水果酸而不甜，饮品也无往日香浓，饭食亦没往日鲜美。

（本文作于 2007 年，原标题为"敬食之悸"，曾先后发表于华语文学门户网"榕树下"、湖南作家网，2011 年收录于《一缕荷香》专著中）

情愫缠绵

忘忧草

　　某天下午，璋云神秘兮兮地打电话给书琴，说："我昨晚做了个梦。"

　　"真的吗？能将梦中的情景告诉我吗？"书琴认为璋云是在开玩笑。

　　"好吧，我在网上告诉你。"一向喜欢开玩笑的璋云一本正经地说。

　　璋云给书琴发了一份主题为"愚人抄袭"的电子邮件，这份邮件内容系璋云摘抄的一首名为《忘忧草》歌曲的歌词：

往往有缘没有分

谁把谁真的当真

谁为谁心疼

谁是谁唯一的人

伤痕累累的天真的灵魂

早已不承认还有什么神

美丽的人生

善良的人

心痛心酸心事太微不足道

来来往往的你我遇到

相识不如相望淡淡一笑

忘忧草忘了就好

梦里知多少天涯海角某个小岛

某年某月某日某一次拥抱

青青河畔草

静静等天荒地老

书琴一向不喜欢朦胧诗，也不喜欢璋云摘录别人的话与她交流，便给璋云回复："书琴语：含蓄不是朦胧，朦胧不是含蓄。用别人的语言与朋友交流让彼此陌生而遥远，感觉里满是虚无；用自己的语言与朋友交流让彼此熟悉而接近，感觉里满是真实。书琴真诚希望朋友之间能用自己的语言进行心与心的交流，能让彼此真实地感到自己是对方的朋友，能毫无顾忌地向对方倾诉她（他）的喜怒哀乐。"

　　书琴与璋云一个身居南方，一个身居北方，两人因同时参加一个业务培训班而熟悉了彼此的名字，培训期间他们从未说过话，培训结束，他们各奔南北，他们对彼此的记忆仅凭一张集体照。或许是冥冥之中自有安排，他们在电话里常有一些工作联系，后来，已记不清他们从什么时候开始在网上交流。

　　某日，书琴收到璋云的电子邮件："我有一个朋友，她很爱写小说。前不久她恋爱了，写的稿子也越来越多。有天我问她感情进展得怎么样了，她苦笑着把她的稿单递给我说：'你看看就知道了。'我疑惑地接过来，下面是她近来创作的小说题目。依次是：《那天，我们相遇在人海》《爱的小屋》《你、我、她》《为伊消得人憔悴》《遗落在山谷的野百合》《鲜花插牛粪》。"璋云知道书琴喜欢写作，便常常用他读过的和他自己胡编的一些篇目跟书琴开玩笑，璋云总是自喻为"牛粪"。

书琴在璋云的电子邮件原文后回复："我有一个爱好文学的朋友，他读过不少文学作品，或许还有些文学功底，或许还有不少故事，我想，以上篇目的内容如果由他创作一定会更感人。爱能激发人的智慧和灵感，亦能使人从此变得愚钝，她有时觉得自己好可笑，以为自己恋爱了，对他心心念念，梦魂牵绕，却不曾发现自己并未被爱上，这或许是她的悲哀吧。"书琴心里常牵挂着璋云，特别是在璋云做了一个小手术的那段日子，她频频发电子邮件或打电话问候。书琴

　　　　　　　　　情愫缠绵

是个含蓄的人，豪放、外向的璋云并没有读懂她。

璋云有几天没有与书琴联系，书琴心头不知怎么绕上了一丝愁绪，这愁绪扰得她心好痛，她忽然想起那首朦胧诗中的那句"忘忧草忘了就好"，便给璋云发了一份电子邮件："'忘忧草'真的能忘忧吗？如果能，真想去吃一点。"

"我就是'忘忧草'，吃吧。"璋云幽默地回复。

"好的，吃吃看吧，但愿管用。"书琴不想让璋云看透她的心思，便就着他的话回复。

"1. 距离即是美，距离产生美。找一个外地男友，能时刻提醒我和他，美丽即是距离。2. 想去旅游吗？知道找个外地男友的好处了吧。YES，找个外地男友可以经常免费旅游，还可以享受旅游的真正乐趣。3. 找个外地男友，可以充分且随时体验到浪漫的感觉。例如：可以一边吃饭，一边打长途电话聊天或发短信。4. 时间即是金钱，要知道，现代社会分秒必争，既要工作，又要陪男朋友，还要有自己的时间，找个外地男友可以使自己有充分的可支配时间，总不可能他天天回来陪你约会吧。5. 找个外地男友，可以经常性地体会到小别胜新婚的喜悦。"也许璋云怕距离成为情路上的障碍，便从网上复制 5 条帖子粘贴在电子邮件上发给书琴。璋云不给书琴发电子邮件的时候，便会打电话给她。

"不无道理。"书琴在璋云的电子邮件原文后回复。

"周末啦，下雪啦，空旷的无奈的心田又要盖上啦!"周末，璋云满怀惆怅地给书琴发了一份电子邮件。

收到璋云周末发来的电子邮件，书琴亦很感慨，她想对璋云说"距离虽美，却很无奈"。但她还是忍着没说。

"给我说说你吧，我……"见书琴回复，璋云接着试探性地给书琴发来邮件。

"她一直都在说呀。"含蓄的书琴意味深长地回复。

"敞开心扉吧，我要读你!"面对含蓄的书琴，璋云干脆直白。

　　　　　　　　　情愫缠绵

"一本书说浅非浅，说深非深，一页一页慢慢读，或许能读懂。"在情感上，书琴始终是个含蓄的人，她希望别人能在她的含蓄中读懂她。

书琴无论快乐或忧伤都会向璋云倾诉，仿佛璋云是唯一可以分享她喜怒哀乐的人，璋云是个非常聪睿和善解人意的男子，他总会用电子邮件或电话给她讲好多好多的雅俗笑话和用甜蜜的语言逗她乐，他说他要让书琴每时每刻都感到快乐。渐渐地璋云让书琴有了一种说不清的仿佛离开璋云就不能快乐似的感觉……

某一天，书琴终于动情地对璋云说："你真是一棵'忘忧草'，谢谢你给了我很多快乐！"

（本文作于2001年，曾先后发表于华语文学门户网"榕树下"、英流网、湖南作家网，并被多家知名网站转载。2011年收录于《一缕荷香》专著中）

迷茫的爱

"我越来越感觉女人太追求完美是一件很坏的事情，但我又不可能容纳不完美。"一天，喜欢舞文弄墨的笑曼对慧颖说。她是个十足的完美主义者，眼里容不得半点沙子。

"也许有一种美叫缺陷美。因为万物无完美，所以人们才去追求完美吧。"慧颖说

"是的。我男友是个网络作家，在网上发表了很多作品。你也是个网络作家，我告诉你他发表作品的网址，你有空看看吧。"笑曼说完，将网址写在一张纸

情愫缠绵

上递给慧颖。

"我一定拜读。"慧颖接过写着网址的字条，看了一下说。

"搞文学的男人和搞文学的女人在一起不知道是幸还是不幸。"笑曼说。业余时间她也写点东西在网上发表，还自费出过几本书。

"至少有共同语言吧。"慧颖心想，奇怪，两天前，笑曼向自己谈起男友时还神采飞扬，说他们有太多的共同语言，彼此都有一种相见恨晚的感觉，真是幸福极了，快乐得都想飞起来。才两天工夫怎么情绪就来了个180°的大转弯呢？

"如果是你，你会在意他从前有过浓郁的爱吗？我从他的作品里了解他有许多缠绵的过去。"笑曼忧伤地说。

"过去的已成历史，重要的是现在和未来，只要他不再留恋过去就行了。"慧颖安慰她说。

"他不会纠缠过去，但我看了他描写与前女友的那些缠绵情景，心里还是很不舒服。" 笑曼带着醋意不悦地说。

"心胸开阔一点儿，着重看现在和未来，也许会更快乐些。"慧颖开导地说。

"是的。"笑曼表示认同。但停顿了一会儿又说："他在文章里删除了一些让我看了感觉刺痛的东西。唉，对爱太较真，是痛。"

"他在文章里删除了一些让你看了感觉刺痛的东西，也许是不想让你痛。" 慧颖看着矛盾中的笑曼说。

"他开始没有删除，是因为他知道我看了难过后第二天才删除的。" 笑曼哽咽着说。

"这证明他在意你的感觉。他向你坦白过他的过去没有?"

"只说了一个。" 笑曼认为她的男友在认识她以前有很多女朋友。

"有很多吗?"慧颖问笑曼。

"他是搞文学的，再说他与妻子已离异多年，风花

情愫缠绵

雪月的故事肯定不少。" 笑曼揣测地说。

"普通异性朋友可以很多，但爱情故事多了就是滥情。曾经有过爱并不是错，但关键要看是否滥情，是否向你坦白过去的所有。"慧颖说。

"他不会说的，就像我经历的不想说给别人听一样。女人和男人不一样，女人在单身的时候除非真正爱了，否则是很难与男人有亲密接触的，但男人不同，一次酒后迷乱，一次生理需要就可以与女人进行亲密接触。" 笑曼剖析道。

"如果与你相爱后再无别人，那过去的一切就不重要了。"

"是的，他很重视我和他的今天和明天，过去的那些都是他孤独的单身生活时的插曲，但我无意间从他的作品里看到了，心中还是很不舒服，在情感上有点回不到往日的感觉。多么希望我生命里的他不曾有过那么多缠绵缱绻的爱情故事啊！" 笑曼深情而又矛盾地说。

"一切都是在认识你以前的故事，何必再去介意。"

"在感情上我很狭隘，我和他在一起缠绵的时候，总会想起他描写的与前女友在一起的那些情景。文学有时就像一把剑啊，刺得人心好痛！"笑曼将罪过归咎于文学，也许是因为他男友不该用文学的方式回忆过去的恋情吧，如果她没有看到那些描绘的字眼也许就没有被刺痛的感觉了。

"女人在感情上都很狭隘，但如果老这样想就会永远不开心。"慧颖继续开导说。

"本来还是很开心的，自从无意间知道了他的过去以后，我就有一种想把美丽粉碎的感觉。"笑曼咬着牙愤恨地说。她在将她的心自我折磨，自我蹂躏。

"从他的文字里走出来吧。他看过你的文字没有？反应怎样？"慧颖不忍看笑曼如此痛苦，只有耐着性子不断开导着矛盾、痛苦、迷茫的她，努力想将她从这种矛盾、痛苦、迷茫的情绪中拉出来。

"他在乎我点滴，小气我点滴，但不会像我这样为

　　　　　　　　　　情愫缠绵

我的过去痛苦不堪。他对我的过去什么也没说，他说他喜欢读现在的我，在乎现在的我。" 笑曼动情地说。

"这说明他很爱你，也许他的过去并不像他描述的那样，作家在创作的时候会遐想，会将现实中的东西美化、升华或虚拟现实中没有的人事、情景、心理等，会将一些理想的东西融入他的作品里。"慧颖也是搞文学的，她知道作者在创作自己作品的时候不会把本原的东西不加任何包装地进行描述，他（她）会用自己的想象虚拟许多本原里没有的东西，再用优美华丽、感天动地的词句去美化、升华，进行最完美的包装。

"是啊！我现在不知是爱在幻想中好，还是爱在现实中好。有人说有爱的婚姻才是美满的，但我害怕婚姻成为爱的坟墓，更害怕有爱而无婚姻的凄景，我不知怎样才好。" 笑曼充满矛盾地说。她男友已向她求婚，但她还犹疑着没有答应。

"爱原本就很令人迷茫，我认为只要哪样能让自己感到快乐就哪样好。也许只要爱情不要形式为好，无数案例证明婚姻的确是爱情的坟墓。"慧颖说。其实在爱的问题上慧颖自己也很迷茫，不知是只要爱情好，还是爱情、婚姻两样都要好，世间曾有多少婚姻最初都是因爱而结合、无爱而终结的，或许婚姻真的是爱情的坟墓呢！不得而知。

"是啊！他每次叫我老婆的时候，我都怕应允，对这个称呼我充满恐惧。他向我求婚的时候，我好害怕，我害怕婚后会因爱而美好，亦会因爱而痛苦。"笑曼说。有过一段痛苦婚史的她对婚姻仍然心有余悸。

"也许生活在梦幻里比较快乐，现实的确有太多烦恼。"慧颖说。

"就是。虽然现在他天天渴望下班后回到我们爱的小屋，缠绵在我们自己营造的幸福里，但我害怕这种温馨甜蜜的日子会在婚姻里昙花一现。" 笑曼担忧地说。

"就这样过也不错。"慧颖认为两个人在一起只要开心就好，何必在意那一纸形式呢？

情愫缠绵

"好吧，就这样过一天算一天吧，我也没有力气去忧伤了。"笑曼仿佛已放弃纠缠男友的过去了。

　　"过一天就要让自己开心一天，愿你开心、幸福每一天。"慧颖衷心地祝愿笑曼每天开心、快乐，不再为爱迷茫、痛苦。

　　"谢谢！"笑曼情绪稳定了许多。

　　几天后，慧颖根据笑曼提供的网址读了她男友几篇文章，大都是一些风花雪月之类的东西，从字里行间看出，她男友的确是个多情种，每一次爱都感天动地，每一次爱都用整个身心去爱，深深地去爱，浓浓地去爱，对她也是深深地爱，浓浓地爱，整个身心地爱。读毕她男友的几篇文章后，慧颖给她发了一条短信："读了你男友几篇文章，从《你走进我生命里》一文中透出他对你用情较深，当然这个还得你自己去亲身感受。"为了不勾起她对男友过去的纠缠，慧颖特意只提了这篇她男友描写的与她之间热恋的文章。

　　笑曼回复："我已按你劝说的那样，过好每一天，不再纠缠他的过去，只是我怕自己爱得太深，爱深了便开始幸福了，幸福了又开始痛了。"慧颖从笑曼的回复中感觉她依然矛盾、迷茫。

爱，真的让人很迷茫，也许谁也无法理得清。

（本文作于2008年，曾先后发表于华语文学门户网"榕树下"、湖南作家网，并被多家知名网站转载。2011年收录于《一缕荷香》专著中）

情愫缠绵

真爱

被人视为"白富美"的玢玢，系某国有企业的高级白领，因择偶条件苛刻、挑剔，40 岁仍是单身。可谁也没有想到，她竟会因一次小小的感动而爱上一个不断向她索取的男人。

那天，唱歌有些跑调的玢玢应朋友之邀去某音乐茶座唱歌，这家音乐茶座系她朋友的亲戚所开，音响设备和环境算音乐茶座中比较高档的，来这里唱歌的人大都有一点音乐细胞，有的演唱水平还不亚于专业歌手。她点了两首歌，一首是《女人花》，另一首是

《知心爱人》。

　　玢玢先唱《女人花》，因节奏把握不准，加之跑调，令在场的人只想叫停，但在场的人还是礼貌地耐着性子听她唱完了，只是曲终时无人鼓掌。尽管她能读懂没有掌声的含义，但她还是硬着头皮继续唱第二首《知心爱人》，这是她自己点的，她不好不唱。可是，《知心爱人》是男女对唱，她担心鉴于第一首歌的表现在场的男士没有一个会愿意与她对唱，如果这样，她不敢想象一向骄傲的她会陷入一种怎样尴尬和不堪的境地。她拿着话筒，脑袋一片空白地站在演唱台上。《知心爱人》的过门已响起，正当她忐忑而不知所措时，一位30多岁，身高不足1.7米，相貌平平的陌生男人走到演唱台，拿起另一支话筒，向她点头示意他愿意和她对唱，当时她感动得好想哭。

　　与玢玢对唱的男人名叫佘辉，38岁，是一个小型超市的老板，与妻子离异后和9岁的女儿一起生活，唯一的业余爱好就是到音乐茶座唱唱歌，歌唱水平还

情愫缠绵

算过得去。

　　玢玢因感动佘辉为她解了围，唱完歌后，她问了佘辉的手机号码。从此，他们频频交往，并发展成为恋人。

　　玢玢的父母、朋友都不看好她与佘辉的恋情，原因有二，一是玢玢气质优雅、相貌出众，而佘辉则相貌平平，两人外表不搭；二是玢玢未婚，而佘辉则有过婚史，还带着一个女儿，当后妈总归不好，关系难处。若在认识佘辉之前，玢玢也许认为父母和朋友的意见都是有道理的，可自从她与佘辉相识、相恋后，一切负面因素在玢玢眼中都不重要了。

　　玢玢对佘辉由最初的感动转化为深深的爱，她为了佘辉什么都愿意，她为佘辉买了房、买了车，每天送佘辉的女儿娇娇上学，下班后再从学校接娇娇回家，晚上辅导娇娇做作业，她与娇娇的关系很融洽，娇娇常对佘辉说："阿姨比妈妈还好。"

　　某天，玢玢在短信里对好友贞贞说："我男朋友说要将经营规模扩大，需要一笔大的资金，要我将我的房子做抵押贷款，但抵押贷款手续很麻烦，我想把股市里的钱拿出来，但这样他会觉得反正是我的钱还不还都没有关系，我说是向你借的钱，还要付利息，行吗？"

"他怎么老向你借钱？难道他跟你好就是要你源源不断地给他经济上的支助吗？"

"我拉不下面子拒绝。他对我还是很好的，经常为我做饭、洗衣，还带我出去游玩和去高档酒店吃各种好吃的东西。他说我是他唯一爱过的女人，在音乐茶座见到我的第一眼就爱上了我。"

"了解他的人是你，如果你相信他就去做，但无论怎样房子是千万不能抵押出去的，到时如果钱还不了，恐怕你连房子都没得住了。他真是个无底洞啊！如果老是与金钱扯上关系，就多几个问号吧。"佘辉常常以急需资金周转为由向玢玢借钱，但没有一次归还，玢玢百万存款已被佘辉借光，仅剩一套房子和股市里

情愫缠绵

的几万元本钱了。贞贞怀疑佘辉不是真心爱玢玢，当初接近她恐怕就是为了钱，便提醒她。

"要不叫他打个借条吧。"

"你认为打借条有用吗？他以前不是也打过很多借条吗？结果怎样？还不是没有还。"

"我也有点弄不明白了，不知道他是不是真爱我。"

"如果连你自己都弄不明白了，那别人就更糊涂了。"

"如果是你，你会怎么做？"

"我要看是否值得我去付出，而我愿意付出的不是对方索取的，是我主动的。如果对方总是向我索取，我会反感，我会怀疑他是不是真的爱我。因为真爱一个人只会付出，而不会总是向她（他）索取。"玢玢问的这个问题还真不好回答，因为贞贞毕竟不是当事人，作为局外人贞贞也不能教她怎样做，她只能按照自己的想法对她说。

"有时我也觉得他这样做有点不是滋味，但他每次都说遇到困难了，我不帮他又觉得过意不去。"

"一个男人遇到困难可以自己去想办法，怎么每次都依赖你呢？这世间也有不论自己多么潦倒、多么窘迫都不忍心给所爱的人增加负担的人哟。"接着贞贞给玢玢讲了另一个女友的故事。贞贞说：

　　"姗姗与她的男朋友一个在北京，一个在纽约。她的男朋友是自费去纽约留学的，因学费昂贵，家里又没有资助，要靠自己在饭店洗碗打工赚取学费，他一边打工一边念书，尽管经济状况很窘迫，但他却从不向姗姗伸手，他对姗姗很体贴，每次姗姗用磁卡给他打越洋电话，他总是先问姗姗所处地的电话号码，然后迅疾挂断，马上再给姗姗打过来，他不想让姗姗承担昂贵的国际长途费。我想，如果他不是真爱姗姗是不会这样做的。"

　　"那倒也是。"玢玢听完贞贞说的故事没再说什么，想必她已知道自己该怎么做了，也懂得什么是真爱了。

　　（本文第一稿作于2010年，曾先后发表于华语文学门户网"榕树下"、湖南作家网，2011年收录于《一缕荷香》专著中）

情愫缠绵

美在秋天

初秋，树叶轻轻柔柔飘落到地面，然后被风席卷着，或积聚在某一个地方，或随风纷纷扬扬撒向四处，当没有风儿的时候，周围一片寂静。

初秋的某一天，琬沁站在牡丹公园的树林里静静地观赏着初秋的景象，她看着那轻轻柔柔飘落到地面的树叶，心中竟无一丝悲怆的感觉，她认为这是树叶从稚嫩至渐渐成熟的象征，这是一种成熟的美，在她眼中树叶落地前的那一瞬特别优美，那轻轻柔柔随风飘落的样子像是在空中曼舞。她喜欢这种柔美的感觉，就像她与徐笠长留于秋天的爱。

　　他们相识在一个树叶处在稚嫩期的春天，那天晚饭后，她穿着一条黑色的羊绒连衣裙和一件随意套在黑色连衣裙上的嫩绿色的羊绒上衣，悠闲地在牡丹公园散步，徐笠在她散步的附近做着各种运动姿势。当她从徐笠身边经过时，徐笠停下运动，笑眯眯地、好像老熟人似的对她说："今天天气真好，在这美好的大自然中我邀请你跳支舞好吗？跳舞也是锻炼身体哟。""不想跳，我们又不认识。再说也没音乐。"她是个不随便与陌生人搭讪的人。"跳一支吧，我又不是坏人。没有音乐，我放手机里的音乐也可以啊。"徐笠一脸真诚地央求着。她仔细地打量着徐笠：中等身材，相貌平平，憨笑中透着几分孩子似的纯真，谈吐、举止不失几分儒雅，凭她的直觉徐笠看上去的确不像是个坏人。一番打量后，她对徐笠说："你这人真有意思，哪有坏人说自己是坏人的，不过我看你也的确不像是坏人。好吧，

情愫缠绵

就和你跳一支吧，就一支哟。"徐笠见她答应了，便在手机里找出一首名为《遇见你是我的缘》的歌作为舞曲播放。他们伴着这支歌的旋律，迎着和煦的春风在稚嫩的树叶下翩翩起舞。徐笠边舞边说："我本来是不想跳舞的，不知怎么的，见到你忽然就想跳了。你舞跳得真好，看你的气质一定是个不凡的人。你是做什么工作的呢?" "你猜猜看。"她说。"你不是老师就是做财务工作的。" 徐笠肯定地说。"还算你有眼力，猜得差不离，我是从事财务工作的，业余时间任家教，教音乐和美术。"她是某公司的财务总监，且音乐、绘画功底不浅。跳完这支舞，不管徐笠怎么央求，她都不继续跳了。他们分手时徐笠要了她的手机号码。此后徐笠便开始频频约她。渐渐地他们从陌生至相识、相知，并在树叶成长的夏天相爱了。

夏日的某一天，是她与徐笠爱升华的日子，后来每个月的这一天他们都会举行庆典，在一起共度美好时光。每到这天她都会给徐笠发这样的短信："亲爱的，忙碌常常让我不知道正在经历的日子是几号，数字几何，自从有了那值得纪念的一天，每月的这天我便有了数字概念，让这个特殊的数字永远鼓舞我们快乐地生活和工作吧。" 这个夏天是树叶成长的夏天，也是爱迅猛增长的夏天。每当她去异地老家探望双亲的时候，他们都会用短信零距离地交流，她说："在异乡，我总是哼着那首表达心迹的歌——《你是我心底的烙印》，将对心上人的无限思念融到歌曲里，让风儿传到心上人的耳里，送到心上人的心里。" 徐笠说："在我的脑海中始终有你的畅游。请接受一个最爱你的人的祝福！" 爱的世界不会时时阳光灿烂，也会有风雨，每当他们闹矛盾时，徐笠就会说；"千错万错都是我的错，原谅我好吗？"消了气的她会说："风雨让我们更懂彼此情深，更懂阳光珍贵。增加幸福是我们努力的目标，现在拥有的幸福不减少点滴我就满足了。" 见她消了

情愫缠绵

气，徐笠便会高兴地说："我们沐浴在爱的阳光里，时时刻刻都感到它的温暖，风雨让我们更懂得珍惜来之不易的真爱，我已无所求，但求与心爱的人在一起的每个时光都灿烂。"

某天她不幸生病了，病情很严重，徐笠不时给她发短信问候，病中情绪低落的她，每当看到徐笠的短信就很振奋，决定为爱打起精神，为爱重生。她在回复徐笠的短信中说："我沐浴在爱的阳光里，每时每刻都感到灿烂无比，我会好好珍惜生命，让爱的阳光永远沐浴。"深刻的爱会使人用顽强的意志力去战胜疾病，能使人不被医生骇人的诊断所吓倒，为了能与心爱的人共度更多美好时光，病者会努力疗病延续生命。爱虽然让她的生命继续延续，但病后的她除了给予徐笠柏拉图似的爱，再也无法给他更多。尽管如此，徐笠对她的爱却在树叶成熟的秋天变得更牢固了。

初秋他们正式结合了，他们的爱如同树叶经历稚嫩的春天和成长的夏天，在成熟的秋天更柔美了，那轻轻柔柔飘落到地面的树叶仿佛是他们爱的旅途上铺满的鲜花，在琬沁眼中这是最美的秋之景。

（本文作于2009年，曾先后发表于华语文学门户网"榕树下"、湖南作家网，并被多家知名网站转载，2015年荣获"第二届"相约北京全国文学艺术大赛一等奖，并入编《中国当代文艺名家名作金榜集》)

情愫缠绵

圆了夕阳梦

20世纪30年代末，湖南某乡村的一个小院里每天传出一群孩子的琅琅读书声。这个小院由四间住房和一间堂屋组成，堂屋门前有一块可以种植花草的空地；院子四周被天然的树木环绕，花草随风不时飘来阵阵芳香，鸟儿在树梢伴着孩子们的读书声不停吟唱。以教书养家的男主人向程每天在作为私塾的堂屋里不知疲倦地给当地来上学的孩子们讲着"之、乎、者、也……"，并教他们写诗、作文、绘画。

女主人杨茵是个美丽贤惠的女子，与向程结婚前虽是当地一个富豪的独生女，但无富家女的那种娇纵，且是个性情女子，她当初不顾家人的种种阻挠，执意嫁给平民出身的向程。杨茵与向程结婚后，专心相夫教子，是个典型的贤妻良母，每天除了照顾儿女们起居，就是看书、绘画。杨茵特别喜欢红色的玫瑰，她认为红玫瑰象征浓情似火的爱情，她与向程在这个娘家作为嫁妆的小院里筑起爱巢后，向程为了表达对杨茵的爱，特意请了两名园丁在堂屋门前那块可以种植花草的空地上种了许多红玫瑰，他们将其称为"爱之花"。每年5月，满院都会弥漫玫瑰花香。

1937年5月，正值玫瑰盛开的季节，杨茵怀的第3胎即将分娩。向程夫妇虽已相继生了儿子向雨、女儿向雪，但又一次面对即将出生的小生命，夫妇俩依然很兴奋，院子里的玫瑰也仿佛开得格外娇艳，即将降临的小生命又是一个爱的结晶和爱的象征。

杨茵分娩这天，阳光从窗口射进她与向程的卧室，玫瑰的芳香也不时飘进。接生婆在向程夫妇的卧室里

情愫缠绵

为杨茵接生，向程带着 5 岁的向雨和 2 岁的向雪在门外焦急地等待着。随着杨茵一阵剧烈的阵痛和一声婴儿的啼哭，他们的小女儿来到了人世。接生婆将婴儿包裹好，抱着婴儿向向程报喜："向先生，恭喜您又添了一位'千金'，赶紧给她取个名字吧。""好，爸爸来给小宝贝取个名字。"向程从接生婆手里接过小女儿，抱在怀里喜悦地端详着，她两只大大的眼睛看着他，两个小酒窝镶在红红的瓜子脸上，与杨茵像极了，那蠕动的小嘴仿佛要与他说话。他看着这可爱的小生命，高兴得只顾傻笑，忘了取名的事。"别傻笑了，赶紧给女儿取个名吧。"看着只顾傻笑的丈夫，杨茵提醒着说。这时从窗外射进来的一抹阳光正好照在女婴脸上，向程说："今天是一个朗朗晴天，就给我的小宝贝取名晴吧，愿她生命里永远充满阳光，永远幸福、快乐！"向雨、向雪的名字都是向程取的，向雨出生那天，天上下着绵绵细雨，向程听着窗外绵绵的雨声，想着与杨茵那缠绵缱绻的爱情，便给儿子取名"雨"，寓意他与杨茵的爱如细雨绵长不断；向雪出生那天，无数雪花在空中飞舞飘扬，院子前面的两棵松树的枝丫上"开"着许多白色的"花"，地面上的积雪仿佛是一块洁白的地毯，雪白雪白的，好无瑕！向程便给女儿取名"雪"，以寓意他与杨茵的爱情纯洁无瑕。

向晴天资聪颖、乖巧，3岁能背得许多唐宋诗词，5岁能和父亲对弈下棋，且遗传了母亲的能歌善舞、琴棋书画和父亲的文学天赋，向程夫妇将其视为掌上明珠。

1943年5月，向晴6岁，在她生日的那天，早就患有心脏病的向程因高兴多喝了几杯酒，不幸地永远离开了爱妻和万般宠爱的儿女们。向程生命终止的那一刻，杨茵撕心裂肺地哭晕过去，她的心脏仿佛也停止了跳动，院子里的红玫瑰仿佛也在枯萎凋零。杨茵从悲痛中醒来后，看着跪在地下痛哭的3个儿女，感到了身上沉甸甸的担子和责任，她必须坚强起来，将3个儿女抚养成人。她擦干脸上的泪痕，叫人将向程

情愫缠绵

的灵柩葬在院子的玫瑰花圃旁，她要与那些象征他们浓浓爱情的玫瑰一起永远陪伴着向程。

向程谢世后，杨茵对儿女们的要求更加严格，每天天刚亮，就将儿女们叫起来练字、绘画、写诗、作文，两个女儿除了练字、绘画、写诗、作文，还得练琴。由于她的严格要求，她的3个儿女都练就了一身才艺，向晴是3兄妹中最有天赋的，父母的遗传因子在她身上体现得最充分，她写字、绘画、写诗、作文、弹琴都胜过哥哥、姐姐。

1949年1月，向雨、向雪都相继出外找工作去了，向晴虽然只有11岁，但很懂事，看着日渐苍老的母亲，她不想让母亲再为她操劳，便学着哥哥姐姐的样出去找工作。因为她太小，怕母亲不同意她出去找工作，她在走的那天，早早起床，给母亲留下一封信，瞒着母亲悄悄出了门。她在省城一家军鞋厂当了童工，靠打鞋底养活自己。

1951年2月的一天，某师范学校的校长带领一群师生到军鞋厂参观，校长看到一个正值读书年龄的小女孩在专心地打鞋底，心想，这么小的年龄应该在学校读书，为何在这里打鞋底？出于恻隐之心，校长走到13岁的向晴身边，问道："小姑娘，你为何不去读书，在这里打鞋底？想读书吗？"向晴眼里噙着泪水说："我很想读书，但爸爸死得早，家里没钱。"校长很同情向晴，他问向晴是否愿意到他任职的师范学校去读书，如果愿意就到学校去参加考试，向晴随即高兴地答应了。学校招生那天，校长通过军鞋厂通知向晴去参加考试。考试时向晴是参考学生里年龄最小的，也是书读得最少的，参加入学考试时虽然成绩考得不好，但学校还是破格录取了她。从此她的人生随之改变，她所有的天赋和才艺也从此有了施展的舞台。

1951年3月，向晴正式上学了，读书时她要比那些大哥哥大姐姐们多一倍的勤奋，否则就会赶不上班。她生性就是一个好强的人，决不愿落在大哥哥大姐姐们的后面，她每天除了刻苦学习必修的科目，课余时

情愫缠绵

间就是绘画，她的画经常在学校开展的绘画比赛中获奖。同校有一个名叫范峰的男生也很喜欢绘画，他比向晴高一年级，大向晴5岁，身高1.78米，长得英俊潇洒，气宇不凡。在学校举行的一次绘画比赛中向晴画的题为《浓情玫瑰》的作品获得一等奖，范峰画的题为《瑟瑟琴声》的作品获得第二等奖，他们在这次绘画比赛中相识，后来他们课余常在一起切磋画技，渐渐地范峰对这个小妹妹产生了一种特殊的感情，但向晴还很小，根本就不懂儿女情长。有一次学校成立绘画小组，学校要学生们选出组委人员，因向晴的画是同学中画得最好的，同学们都选她当组长。在举手表决的时候，除了范峰，同学们都举了手。接着选资料保管员，范峰却出乎意料地极力推荐她当资料保管员，为此，向晴很不悦，她想，什么意思嘛，平常对人家那么好，关键时候怎么这样？事后她去问范峰，问他为什么选组长的时候不投她的票，他说因为选她当资料保管员能以借资料的名义更多地接近她，她听了似懂非懂。

1952 年，范峰先于向晴毕业，他离校的前一天，对向晴说："我们傍晚时分去学校附近的小湖边看夕阳好吗?" "好。"向晴欣然应允。他们见面时，红红的夕阳映照在清澈的湖面，湖边的垂柳在微风中轻轻起舞，湖水随风泛起无数涟漪，鱼儿在湖水中快乐地游来游去。他们站在这充满诗情画意的湖边，观赏着天边那轮红红的、美丽的夕阳。范峰看着身边的向晴，想着明天就要离开她，不知何时才能相见，也不知将来境况怎样，而眼前这位可爱而美丽的小妹妹却并不懂他的情、他的爱，想到这，心中颇感惆怅，不禁独自吟道："诗情画意夕阳红，相思湖畔恋佳人。"当黄昏将至夕阳即将西下时，他握着向晴的手含蓄地说："小晴，让我们永远记住这个充满诗情画意的傍晚，当你看到天边那轮红红的、美丽的夕阳时，那就是我在想你。"15 岁的向晴对爱情还没有深刻的认识，范峰平时对她的关爱她以为只是一种大哥哥对小妹妹的关心，她不懂范峰话里的含义，她看着他什么话也没说。第二天吃过早饭，范峰到向晴住的寝室向她道别，向晴将他送到寝室楼下就转身回寝室了。

1953 年，向晴从师范学校毕业，学校根据从哪里来到哪里去的原则将向晴分配在某县的一所小学教书，这时向晴 16 岁。与向晴同在一所学校教书的许云比向晴大 4 岁，她们彼此很投缘，许云第一眼见到向晴就喜欢上了这位长着一张白里透红的瓜子脸，两只眼睛好像会说话的小妹妹，她们相处久了便成了无话不谈的莫逆之交。许云告诉向晴：她曾经随志愿军文工团参加过抗美援朝，后来转业到这所学校任教，在部队时与一个战友暗暗相爱，因部队不准谈恋爱，彼此都没有向对方表白，直至双双转业，天各一方。转业后，他们失去了联系，但她一直在寻找他，在等他。

随着年岁的增长向晴对爱情慢慢有了认识，她渐渐发现原来范峰是她心中的白马王子，每当有异性向她示爱的时候，她总是将他们与范峰比较，然后婉言拒绝。每年学校放暑假的时候，整个假期的每一个傍晚，她都会去那个充满诗情画意的小湖边，依着微风中轻舞的垂柳，看湖水随风泛起的涟漪，看鱼儿在水中欢快地遨游，看天边那轮红红的夕阳，回忆着他们在一起的点点滴滴，直至夕阳在黄昏前逝去最后一抹余晖，她方带着无限惆怅和思念离去。她每一次去小湖边都希望范峰能如同相约般出现在她眼前，与她一起在充满诗情画意的小湖边重温美好情景，可每一次都是失望而归。尽管如此，她依然每年暑假不顾酷热，从故乡长途跋涉一路奔波去那个充满诗情画意的小湖边，直到有一天她在省城的街头与他相遇。

　　1955 年的一个夏天，向晴在师范学校时的一个同学到向晴任教的学校看她，她们谈着读书时的许多趣事，这位同学顺便告诉向晴："我从学校毕业后遇到过范峰，他向我说了好多关于你们的事，他说你那时太小了，他很爱你，但你根本就不懂，特别是他毕业离开学校的那天，他好想你送他远一点儿，你却只送

情愫缠绵

到楼下就回寝室了，他只好看着你的背影怅然离去。"
向晴听完同学的话，万分懊悔和惆怅，她回想与范峰
的点点滴滴，真后悔当初为何不早一点儿懂他，在他
极力推举她当绘画组资料保管员的时候为什么要误会
他？不懂他是为了制造更多与她接触的机会。在小湖
边，当他握着她的手说"让我们永远记住这个充满诗
情画意的傍晚，当你看到天边那轮红红的、美丽的夕
阳时，那就是我在想你"的时候，为什么不说"我会
永远记住这个美好的傍晚，记住这轮红红的、美丽的
夕阳"？却表现得那样茫然无知。在他离开学校的那
天，为什么不送他远一点儿？竟令他那样失望、惆怅。
她希望能有缘再见到他，能有一个向他表白心音的机
会，她更希望当她见到他的时候不会懂他太迟。

　　1956年5月的一个星期天，向晴想去省城买衣
服，许云想去住在省城的堂叔家玩，她们便结伴乘车
去省城。吃过早饭，她们乘公共汽车到达省城后，一
起商定，各自去各自要去的地方，并相约下午5点在

某公共汽车站再一同乘车返校。之后，许云去了堂叔家，向晴则逛百货商店买衣服。

也许是上天有意安排，向晴从一个百货商店出来，正向另一个商店走去的途中，在熙熙攘攘的人群中她看到了那个魂牵梦萦，渴望见到的身影，她激动不已，飞也似的跑到范峰跟前。范峰惊异地看着突然出现在眼前的向晴，然后露出一种难以言状的神情。他们没有停下脚步，一直朝前走着。一路上只有向晴在倾诉着、忏悔着，她说她其实很爱他，分别后一直没有忘记他，只是过去年龄太小，不懂他。她告诉他每年暑假的每一个傍晚她都在那个美丽夕阳照耀下的小湖边，回忆他们的点点滴滴，她好希望他能出现在那里，好想有个向他忏悔和倾诉相思的机会。范峰只是默默地听着，一言不发。他们一个说一个听地在街上走了一个多小时。分手时，范峰说了唯一的一句话："唉，现在说这些已经迟了，我已和一个我并不爱的女子结婚了。"向晴在心中叹息着："唉，我真的是懂他太迟

　　　　　　　　　情愫缠绵

了。"看着范峰远去的背影，向晴心中留下了深深的遗憾和惆怅，她发誓将来要嫁一个与他长得一模一样的人，否则她终身不嫁。

许云那天到堂叔家后，堂叔、堂婶很高兴，夫妇俩没有女儿，非常喜欢女孩子到家里来玩。许云住在省城的堂叔名叫许彬彬，身高 1.82 米，脸长长的，鼻梁高而直；堂婶身高 1.6 米，高而秀气的鼻梁镶在白皙的瓜子脸上。堂叔和堂婶有 3 个儿子，大儿子许小聪 25 岁，身高 1.76 米，仪表堂堂，天生是个当演员的料，在省城某剧团当演员，曾在许多剧里担任过主角；二儿子许小明 23 岁，身高 1.77 米，长得白白净净、文质彬彬，言谈举止均充满儒雅气，正在北方一所大学读书；三儿子许小海 21 岁，身高 1.72 米，比两个哥哥显得黑一点儿、瘦削些。3 个儿子都没有找对象，堂婶在与许云寒暄时顺便对她说："小云，你如看到有与你 3 个堂兄弟合适的姑娘就给他们介绍一下。"说完，从影集里拿出一张 3 个儿子的合影递给许云，许云接过照片一边答应着一边将照片夹在包里的一本书中。

许云和向晴5点在约定的车站一同乘车从省城回到学校后，晚上，许云将向晴叫到自己的房间，悄悄对向晴说："我给你介绍一个对象好不好？"向晴低着头羞涩地说："许姐，你要给我介绍什么样的对象？"许云从包里拿出那本夹照片的书，将堂叔3个儿子的合影递给向晴看，并认真地对向晴说："你喜欢我堂叔哪个儿子就把哪个介绍给你。"向晴看许云不像是开玩笑，便接过照片仔细端详，当目光落到许小聪身上时，不觉眼睛一亮，啊，太像他了！她不禁脱口而出："我喜欢你堂叔的大儿子。""好，我就将大哥介绍给你做对象。下周星期天我带你去堂叔家见见面。"许云高兴地说。向晴点头答应了。

星期天，许云带着向晴到了堂叔家，堂叔的3个儿子只有大儿子许小聪和小儿子许小海在家，二儿子许小明要等学院放寒暑假才能回家。当向晴走进许云堂叔家门时，首先进入视线的是许小聪，那一瞬她不禁怦然心跳，以为是范峰，差点脱口喊出来。许小聪本人比照片更像范峰，那大大的眼睛、浓浓的双眉、高而直的鼻梁和魁伟的身材，简直是范峰的翻版。"这是大哥许小聪。"许云指着许小聪向向晴介绍，向晴仿佛还沉浸在幻觉中，她没有听到许云在说什么，痴迷地看着许小聪，而许小聪也痴迷地看着向晴，眼前这个美丽的姑娘凝聚了他的目光，此刻他感到仿佛有股电流从心头通到脚底，他想，这就是人们说的那种一见钟情吧。

　　向晴和许云回到学校后不久，向晴收到了许小聪的第一份情书。许小聪在信中写道："小晴：你好！你像一个美丽的天使悄然飘向我心间，从此我生命有了灿烂和光辉，如果你愿意，我愿化作精灵与你同飞。"落款："渴望与天使同飞的精灵。"向晴在给小聪的回信中写道："小聪哥：你好！'天使'美誉愧不敢当，但愿与君傍晚赏夕阳。"落款："小晴"。

自从向晴接受许小聪的爱意以后，许小聪每个周末都从省城风尘仆仆地奔到向晴任教的学校看向晴，在放暑假的时候，许小聪只要演出任务少一点儿的时候，就会抽时间陪向晴到她任教的学校后面的山坡上闻树草花香，听虫鸣鸟语，赏夕阳。他们在山坡上的欢声笑语与虫鸣鸟语好似一部爱的交响乐；红红的夕阳照耀着苍翠的树木、青青的草、各色花，他们融合在这充满诗情画意的情景里，构成了一幅美丽的夕阳图。向晴暑假没有再去那个与范峰赏夕阳的小湖边。

　　1958 年 8 月，又是学校放暑假的时候，假日里她好想与许小聪在傍晚时分去学校后面的山坡上看夕阳，她相信他一定会来的。可这次都放假好几天了，仍不见许小聪人影，却收到了他一封信。向晴拆开信，看到信中的话语很生气，许小聪在信中写道："因演出任务繁忙，不得抽时间陪你一起看夕阳。"向晴觉得他信里的话语犹如严冬里的寒冰，令她感觉好冷，心中不免一阵刺痛，她一气之下给许小聪写了这样的回信：

情愫缠绵

"你如果真爱我，即便忙也会抽时间来的，不得抽时间就是说你不愿抽时间，你不愿抽时间来也就是说你对我的爱已淡漠，既然如此那就分手吧。"许小聪收到向晴的回信，知道当教师的向晴因他的措辞误会他了，于是写信向向晴解释，他在信中写道："请原谅我的措辞不当，我的意思是说演出任务忙，暂不能抽时间陪你一起看夕阳。"处在意气中的向晴很久没有给许小聪回信。许小聪是个自尊心很强的人，向晴误会他，且不接受他的解释，大大伤了他的自尊心，他一气之下找了剧团里的一个女演员，草草结了婚。

向晴不知道许小聪已结了婚，几个月后，冷静下来的向晴，想起许小聪往日不顾辛劳从省城到县城奔波往返陪她看夕阳和对她嘘寒问暖、关怀备至的情景，开始后悔自己的意气用事，内疚为何不接受他的解释，她决定去省城向他道歉。

寒假的一天，向晴不顾寒冷，冒着大雪乘车到达省城。下车后，她踏着满地厚厚的积雪，迎着凛冽刺骨的寒风急匆匆地扑到许小聪家。给向晴开门的是回家度寒假的许小聪的大弟弟许小明，许小明与哥哥许小聪很像，向晴差一点将许小明当作了许小聪。向晴进门后，许小聪的母亲向许小明和向晴介绍说："这是向晴，这是小聪的大弟小明。"许小明从向晴进门开始目光就没有离开过她，向晴的一颦一笑都令他心动，他不自觉地爱上了向晴。许小明不时找话和向晴搭讪，向晴却左顾右盼、心不在焉，她在急切地等着、盼着许小聪回家冰释前嫌。到了吃晚饭的时候，仍不见许小聪回家，向晴忍不住问许小聪的母亲："许伯母，小聪哥今天会回家吗？""小晴，不要等他了，吃饭吧。"许小聪的母亲含糊地说，向晴已感觉到许小聪的母亲有事瞒着她，便问许小明："你哥哥不回家吃饭吗？""我哥哥在几个月前已和他们剧团里的鹃姐结婚了。"这时许小明对向晴既爱又怜，他不忍再瞒她。向晴听到许小聪已结婚的消息心中非常难过，一切都迟了，连向他解释的机会都没有了，她眼里噙着泪水

198

哽咽着说："是我对不起他，我不怪他。""小晴，你不要难过，你虽没有和小聪好了，我和许伯伯还是很喜欢你的，我们没有女儿，你就做我们的干女儿吧。"向晴想这样也好，至少我还能有机会见到他，就点头答应了。向晴在许家住了一晚，第二天一早，带着满心的懊恼和遗憾回到了学校。

向晴回到学校的第六天，收到了许小明的一封信，信中这样写道："小晴，心情好些没有？那天看着你难过的样子我心好痛，如果你不嫌弃，让我为你疗治心灵的伤口好吗？"也许是许小明很像许小聪的缘故吧，向晴竟鬼使神差地答应与许小明交往。他们交往了一个星期，许小明便向向晴求婚，他对向晴说："我从见到你的那一刻起，就爱上了你，嫁给我好吗？"向晴在与许小明交往时一直处在一种幻觉中，她把许小明当作许小聪，她把对许小聪的歉疚、遗憾寄托于许小明，迷幻中，她答应了许小明的求婚。

向晴与还在大学上学的许小明在向晴任教的学校

举行了简单的婚礼。

向晴与许小明结婚后仍然在县城教书，许小明大学毕业后分配在省城一个政府机关工作，每周他在省城与县城之间不知辛劳地来回奔波，无论是刮风下雨，还是天寒地冻、夏日炎炎，毫无怨言。

1960年4月的一天清晨，向晴在任教的学校里产下一个8斤重的胖小子，这是她与许小明的第一个孩子。许小明接到堂妹许云从学校打来的电话，怀着初为人父的无限喜悦，兴冲冲地乘车赶到学校看望妻儿，他给儿子取名冰清。冰清出生后，向晴给他在县城上了户口，并将他带在身边。1962年10月的一个黄昏，向晴在省城某医院产下女儿冰玉，许小明给冰玉在省城上了户口。冰玉断奶后，许小明为减轻向晴的负担和不影响她的工作，将冰玉带在身边。从此冰玉和父亲住在省城，冰清和母亲住在县城。

向晴有了两个孩子后依然自励勤勉，每天除了教学，就是练书画。在教学上她很有方法，教的学生个

情愫缠绵

个出类拔萃，她担任班主任的班级考试成绩一直在全县名列第一。向晴凭着一身才艺和教学能力，不久被提拔为校长。担任校长后，她将学校管理得很好，在她管理下，她们学校的教学质量直线上升，全校整体水平在全县名列前茅，向晴成了全县的名人，各种荣誉也随之接踵而至，她原可凭照顾夫妻关系的理由调到省城工作，但她太好强，她不想离开享有各种盛誉的县城，她要在这片灿烂的天空中翱翔。

1966年，史无前例的"文化大革命"开始了。许小明加入了"高司"派，向晴加入了"湘江风雷"派。许小明因先辈在中华人民共和国成立前是地主家庭，在唯成分论和派性斗争的年代里，难以幸免地成了"造反派"攻击的目标，常常被一群"造反派"莫名其妙地抓去拷打一顿，每次抓去时都是被"造反派"用一块黑布蒙着眼睛，"造反派"一边推搡着他，一边用皮带抽打他，还不时用路边的砖头砸他，一路打砸着将他带到某区办事处的一间没有光线的屋子里关上一天或两天，拷打完了就将他放回来，就这样恶性循环。冰玉亲眼看见父亲常常被莫名其妙地抓去时的惨状，幼小的她看着父亲被皮带抽打和砖头砸，却无能为力，只能含着眼泪怯怯地看着。

冰玉和父亲住的地方是一个两层楼的居民大杂院，院子里住着20几户人家，每当父亲被"造反派"抓去的时候，住在二楼的一个叫柳悠然的女子就会来照顾冰玉，给她梳头、洗澡、做饭。柳悠然35岁，比许小明大两岁，丈夫在外省工作，没有孩子，丈夫没回的时候家里就她一个人。柳悠然虽然也是个"造反派"，但她很同情许小明，每当许小明被抓的时候她就会主动照顾幼小的冰玉，并几次利用"造反派"的身份将许小明从"黑屋子"里救出来，使他免遭皮肉之苦。许小明为此很感激她，同情与感激使他们成了患难之交，他们的心越走越近，渐渐的一颗孤独的心和一颗凄苦的心融到了一起。在许小明被"造反派"整治的苦难日子里，向晴仍在县城为她的事业和理想奋斗，

情愫缠绵

只寒暑假来省城看望许小明父女俩，柳悠然便成了许小明苦难日子里的唯一慰藉。许小明为了报答柳悠然与向晴办理了离婚手续，与柳悠然结了婚。

　　2005年，年近古稀的向晴已是一位有名的画家，她以一幅精心绘制的题为"诗情画意夕阳红"的作品参加了全国老年人绘画作品展，并获得了一等奖。当她翻阅举办单位与获奖证书一道寄来的获奖作品集时，一幅题为"相思河畔恋佳人"的获奖作品吸引了她的眼球，这幅作品的画面为：一轮火红的夕阳映在湖面，一对恋人站在垂柳依依的湖边，男的拿着女的手好像在倾诉着深情。她惊异，那画里的情景怎么那样眼熟，好像是她曾经去过又经历过的。再看作者，啊，是范峰！此时，她百感交集，往日的一切宛如电影般一幕一幕地在眼前展现……她太兴奋了。她按捺不住急于要找到他的心情，多方打听，几经周折，她终于得到了范峰的电话号码。她用颤抖的手拨通了他的电话号码。

范峰在电话里听到向晴的声音也异常激动，他们在电话里简要地讲述了这些年来各自的经历。向晴从交谈中了解到范峰与她一样亦在乱世中发生了婚变，妻子与一个"造反派"头头结了婚，他与妻子分开后至今孤身一人，他始终没有忘记向晴。他们在电话里相约次日去他们曾经在一起看夕阳的那个湖边见面。

　　也许是老天成全，他们相见的这天艳阳高照。

　　这天，范峰与向晴在约定的时间相继来到他们曾经在一起看夕阳的那个湖边，他们身上都留下了岁月的痕迹，但彼此相见，宛然如昨，四目相对，喜泪纵横，久别重逢，彼此有说不尽的话语，诉不尽的相思。他们坐在湖边的一棵柳树下亲密地交谈……红红的夕阳依然映照在清澈的湖面，垂柳在微风中依然轻轻起舞，湖水依然随风泛起无数涟漪，鱼儿依然欢快地在水中游来游去。

　　在这充满诗情画意的湖边，范峰依然情不自禁地吟着那句："诗情画意夕阳红，相思湖畔恋佳人。"

　　　　　　　　　　　　　情愫缠绵

不再是懵懂少女的向晴会心地微笑着。

望着那依然灿烂、美丽的夕阳，范峰握着向晴的手说："向晴，在今天以后的每一个阳光灿烂的日子，你愿意天天陪我看夕阳吗？""当然愿意，这是我多年的期盼啊，今天终于等到了！"向晴说出了积压多年的心音。

两双原本应该牵在一起的手在53年后，伴着灿烂的夕阳终于牵到了一起。

（本文作于2006年，2011年12月25日发表于华语文学门户网"榕树下"，2015年1月14日发表于湖南作家网，2011年收录于《一缕荷香》专著中）

动力

在前进的道路上有人会被他人的妒忌摧毁而停止前进的脚步，有人则会将他人的妒忌作为前进中的动力而不断前行。一对母女在无数次被妒忌的洗礼中一步一步地前进着……

某天，记者准备去采访一位年过古稀、颇有成就的著名女画家，女画家的一位朋友得知此消息不仅没有表示祝贺，反而在记者采访的前一天跑到记者跟前说："你们不要去采访她，她得了老年痴呆症。"

"没有吧，昨天我去她家收集资料时她还好好的啊。"记者说。

女画家在生活上、事业上曾给过这位朋友很多帮助，这位朋友在得到女画家的帮助时常常是感激涕零，然而，当女画家取得成就被媒体聚焦时，她却妒火中烧，不惜造谣损友忘义。

女画家知道此事后，没有去指责这位朋友，而是默默地、全身心地投入到她的绘画事业中。

与母亲同样优秀的女画家之女也遭遇过与母亲类似的许多境遇。

某年初，女画家的女儿因工作需要调到一个新的部门工作，由于工作成绩突出，在年终评选先进工作者时女画家的女儿几乎是获全票。就在领导当众宣布结果，念到女画家女儿的名字时，一位比女画家女儿年长几岁，且平日里与女画家女儿称姐道妹的女同事X，突然拍着桌子站起来说："我不同意。她刚到我们部门来就评先进，那不行。"当时几乎全场的人都被她的举动惊得目瞪口呆，唯女画家的女儿表现得很平静，她想，X无非是妒忌心在作怪，那就将先进让给她好了。于是，女画家的女儿用平静的语气对大家说："将我的名字删掉，写上X的名字吧，她来我们部门的时间比我长。"

X是来这个部门工作时间最早的，也是在这个部门工作年限最长的，常以"元老"自居，年纪虽然只比女画家的女儿大几岁，但平日里总是摆出一副老资格，工作能力极差，领导分配她的工作从来没有独立完成过，都是请别人帮她一起完成，但每一次的名利却不能少了她。此人妒忌心特别重，看不得别人半点好。平日没什么名利之事时她对女画家的女儿很热乎，说女画家的女儿是多么多么的优秀，但只要有利于女画家女儿的事情来临，她就会是另一副嘴脸。

在女画家的女儿还是入党积极分子的时候，X负责女画家的女儿所在部门的文件收发工作，每次单位有党员积极分子培训班的通知她都会压下来，等过了培训时间再将通知送给部门领导看，不过也奇怪，每

情愫缠绵

次部门领导都没有批评她，以致女画家的女儿经历了党对她的漫长"考验"方成为党的一员。

这次的评先风波最终也是以删掉女画家女儿的名字而平息。

女画家的女儿的确很优秀，无论工作能力，还是文学艺术才华都很出众，她为人低调，从不与人相争，且乐于助人，在工作和生活中常热心帮助需要帮助的人。也许是优则无朋吧，尽管她为人低调，对每个人都很友善，但妒忌总像毒蛇一样缠绕着她，而向她喷射毒汁的却往往都是平日里说是她朋友的人。当众人在欣赏她出版的书的时候，会有一个她的"朋友"当着众人的面对她说："你送给我的那本书多了几页。"虽然她作为作家不可能去检查印刷厂每本书的装订质量，也明知这位"朋友"是带着妒忌借此拆她的台，但她还是平静地说："不好意思，你将装订错误的书退给我，我去找出版方换一本。"当她参加演唱比赛时，会有一个她的"朋友"带着妒忌在评判时故意挑她的刺，说她演唱时手势僵硬，结果因这位"朋友"的一句话让原本是第一的她屈居第二。

女画家的女儿经历的此类境遇不胜枚举，面对妒忌，她和她的母亲除了表示无奈和宽容就是让自己变得更坚强、更优秀。妒忌，只会让妒忌者在妒火中自焚，却会鼓舞被妒忌者不断前行。

几年后，女画家在经历各种形形色色的妒忌中收获了累累艺术硕果，获奖无数，媒体聚焦无数。她的女儿也在多个领域经过无数次被妒忌的洗礼频频收获成功的喜悦，与母亲一样小有名气。她们被誉为"母女奇葩"。而曾经妒忌她们的人仍平平庸庸，一无所获，倒是"无愧"成了别人前进中的动力。

（本文作于2011年，原标题为"妒忌"，曾先后发表于华语文学门户网"榕树下"、湖南作家网，收录于《一缕荷香》专著中）

情愫缠绵

心如荷

荷，即莲也。心荷的心境亦如《爱莲说》的作者周敦颐，在众多的水陆草本植物中，独钟情于荷。闲暇的时候，她总爱在荷花盛开的时节到怡欣公园的湖边去赏荷，她喜欢那"出淤泥而不染，濯清涟而不妖，中通外直，不蔓不枝，香远益清，亭亭净植，可远观而不可亵玩"的荷。以前她的名字不叫心荷，就因为她的心境如荷一样高洁，故而给自己更名为心荷。

她从小就有如荷般的品性，小的时候小伙伴们总爱干些欺骗父母、欺骗老师的勾当，每遇小伙伴们要她参与的时候，她就会躲得远远的，她认为这是很龌龊的事情。

她上小学直至高中正值"文革"期间，这是一个读书无用，交白卷是英雄的年代，大多数同学都不工于学业，有的偷，有的扒，有的打架斗殴，有的整天无所事事、游手好闲。而她全然不觉世道混乱，独自徜徉在书海里，她"认识"了安徒生、吴承恩、施耐庵、曹雪芹、罗贯中、巴金、雨果、莱蒙托夫、巴尔扎克等无数文人墨客，她与他们结伴而行，她每天重复着这种无尘的旅行，她认为只有在书海里漫步旅行才是属于她的世界。

她参加工作了，开始是在基层工作，由于她工作勤奋，多才多艺，且坦诚待人、刚正不阿，得到了一位上级领导的赏识，将她调到了机关工作。她调到机关后，依旧埋头勤奋工作，善待与她相处的每个人。然而，她不知道环境已经发生了变化，当

情愫缠绵

她展示才艺的时候，并会有同事嫉妒地说上几句攻击的话语，甚至出于妒忌暗里耍阴；她写的工作报告让人一个字没改地看了几眼，那辛苦了一阵的劳动成果便被劫了去，仿佛作者不是她，而是别人；她为别人做了铺路石，别人爬上去了，却从不会为她说一句好话；她将自己拥有的专业知识毫无保留地传授给了别人，别人获得后不但不感激，反过来却恩将仇报；她很努力地工作，她认为只要努力工作，领导一定会肯定她的成绩，该为她考虑的一定会为她考虑，原来她太天真了。

她痛恨贪他人之功为己功的人；她痛恨爱管别人闲事，整天嚼舌根毁谤别人的人；她痛恨爱在领导跟前打小报告的人，更恨专爱听别人打小报告的人；她痛恨身为领导却在公众场合说自己部下坏话或在这个部下面前说另一个部下坏话的人。她常想，人，为什么不能友好相处，多替别人想想？身为领导的人为什么素质不能高点？难道要将周围的环境弄脏才开心？为什么不能将对付别人的心思用在事业和才艺的创造中？

她尽管遭遇着种种的不公，但她依然很努力地工作，依然以一颗真诚善良的心去对待每一个人，依然保持她的高洁，别人说他人坏话的时候她不同流合污，别人诬陷毁谤他人的时候她不同流合污，别人阿谀奉承的时候她不同流合污。她如"出淤泥而不染""不蔓不枝"的荷。

她在不开心的时候，偶尔也步入舞池，企图用轻歌曼舞驱散心头的不快。有人说舞池好比染缸，使许多好男人好女人变坏，其实不然，这全在于各人自己去把握。她有时虽然置身于舞池，但她始终洁身自爱，决不允许舞池中任何一个男人对她轻薄。她如荷"可远观而不可亵玩焉"。

她不纠缠于尘世的纷纷扰扰，别人误解她也好，说她坏话也好，妒忌她也好，暗里耍阴也好……她全然不顾，她从不与人争名夺利，只是不断地去自我完善，自我提高，自强不息。

她心如荷，香远益清，出淤泥而不染，濯清涟而不妖，她愿像荷般度过一生！

（本文作于 2001 年，曾先后发表于华语文学门户网"榕树下"、英流网、湖南作家网，2011 年收录于《一缕荷香》专著中）

彷徨

米蒙出生于 20 世纪 70 年代初，从某名牌大学毕业后，在某政府部门就职，是个热衷于仕途的男子。

一天，已有正处级头衔的米蒙在电话里对大学时代的铁哥儿们郑智说："我们单位最近有一个一把手岗位的竞聘机会，我准备参加，不知是否会成功？"

"会成功的。"郑智鼓励说。

"在现实社会里我太书生气了。"米蒙说。

"是吗？"郑智不确定地反问。

"真的。我们单位的一把手不喜欢我。因为有几

情愫缠绵

次单位组织到他弟弟开的渔场去钓鱼我都没有去，还有几次没参加他在五星级酒店举行的生日庆典。他手上有份'考勤表'，每次谁去了就在谁的名字旁边画个勾，谁没去就在谁的名字旁边画个叉，然后根据这个'考核'他的手下。"

"顺其自然比较好。" 郑智是个才华横溢、淡泊名利的人，且不喜欢拍马屁。每当重大节日来临单位或部门都会有聚餐之举，餐桌上敬酒碰杯、祝词套话、互相吹捧奉承、借机向领导献媚等自然少不了，而餐桌上的郑智却总是仿佛来自另一个星球，无法与当时的氛围相融。

"顺其自然那就意味着放弃。"米蒙不甘心地说。

"那你就尽力争取，以免让自己后悔。"郑智见米蒙不甘心只好鼓励他。

"怎么尽力?"米蒙问郑智。

"尽力走好竞聘该走的每一个程序，至于人际关系这是个太复杂的问题，你应该比我懂。"郑智虽是个与世无争的人，但凭他的工作能力和才华顺理成章好歹也是个正科级干部，竞聘的程序还是知道的，要走完考试、演讲、考核、领导和群众评议之类的程序还是要有一定实力的，官场上的事他听得多，也看得多，科级干部还可以凭实力顺理成章，但到了正科级以上就复杂多了，不是单凭实力就能上得了的，·他认为像米蒙这样已位居正处级，且热衷于仕途的人应该比他更清楚官场错综复杂的人际关系。

"就是这点难啊。但不找他们，又自己吃亏！"米蒙其实很懂怎样运作升迁之道，但残存书生气的他在心底深处却一万个不愿意用低俗不堪的方式去获得那个职位，如不这样他又得不到自己想要的，得不到自己想要的又觉得很亏，所以他充满着矛盾。

"那你就试着适应。"郑智见米蒙左右为难，只好说要他尽力去适应做自己不想做的。

"找他们，自己心里过不去。"米蒙矛盾地说。

"淡泊名利也许会开心些。"与世无争的郑智是

情愫缠绵

无法理解米蒙的，他只是按照自己的想法对米蒙说。

"那个位子是一个瓶颈啊，这一关不过，后面就没机会继续上升了。"米蒙语气里充满着渴望。

"你如果能违心地做些自己不愿意做的事情，就努力吧。"郑智见米蒙对竞聘那个职位是那样向往，对仕途的未来又是那样看重，他只好对米蒙说着连自己都会脸红的话。

"这正是矛盾所在。"米蒙心中又开始矛盾起来。

"那你就'曲线救国'吧。"郑智说出这番话，不是因为他有经验或世故，是因为他想起看过的某部电视剧中的一个情节，这个情节说的是某公安局局长为了收集、掌握冠以"优秀民营企业家"头衔且有多层保护伞的黑帮头目的犯罪证据，采取假意与其打得火热，接受其请吃、玩乐和金钱贿赂，事后再将贿赂款交给党组织的非正常手段，以获取黑帮头目的犯罪证据，最后将其抓获的故事。郑智将这种为维护正义而采取的非常手段定义为"曲线救国"。郑智知道米蒙还是个没有完全失去正义感的人，他想，也许米蒙采取非正常手段上去后能为民多做些有益的事，解决一些民生中的实际问题。

"怎么说?"米蒙没有明白郑智说的"曲线救国"的含义。

"就是委曲求全，到有更大权力的时候为民多办事。"郑智简洁地解释说。

"哈哈! 我尽力吧。"米蒙觉得带点天真的郑智说得很幽默。

"你这样做如果成功了可不要忘本哟。"郑智幽默中既含着天真，也含着忠告。

"但'曲线救国'就落把柄在人手里了。以后工作难免要照顾这些关系，处事就会失去公正。"米蒙准备试着去做，但又怕被那些得到好处的人握住把柄，成为他以后工作的软肋，无法让自己处事公正。

"也许这就是你的矛盾所在。"郑智说。

"我虽然不能说是个很好的人，但不去争取如果

　　　　　　　情愫缠绵

被更坏的人得到那个职位，我也会生气。我想为民做点事，坐到那个位子可以为民解决一些实际问题，因为要为民解决实际问题需要有一定权力才行。"米蒙认为自己不是个很好的人，但也不是个最坏的人，至少他还有良知，还有忧国忧民之心。

"那确实。你还是尽力去争取吧。"郑智认同地说。

"我自己如果拿到那个职位也会恨自己。其实我曾有很多次机会，但我就是不甘堕落。"米蒙自省地说，他说的堕落就是花钱去打通通往仕途的各种关系。

"没有几个官是好人。"郑智附和中夹着仇官意识，因为他在现实中或媒体报道中看到太多贪赃枉法的坏官，这些坏官使富有正义感的郑智产生了仇官意识。

"不甘堕落，又让自己很吃亏啊。"米蒙为那些失去的升迁机会而懊恼。

"不甘堕落就只能保持现状，但你又不甘心。你如果将名利看淡了什么也就无所谓了。还是顺其自然吧。"郑智说这话的宗旨还是希望米蒙看淡名利得失。

"好，那就这样吧，给就要，不给就不要，顺其自然。"米蒙似乎准备接受郑智的建议。

"一个人只要自己有实力，什么都不怕。"郑智是个恃才傲物的人，他认为有一定才华和经济实力的米蒙用不着挖空心思去争那个职位，即便希望落空了，还有自己拥有的一切。

"是的，我自己还是有实力的。"米蒙自信地说。

"我知道你有实力，所以你可将名利看淡些。"郑智依然开导着说。

"其实，还是有高层领导看中我。高层那里是没问题的，只是怕群众说我上得太快。"米蒙又回到原来的主题，他担心得到那个职位后会被人说闲话。

"哦。你如果决定了，就按你决定的去做。怕这怕那，结果什么都会搞不好。决定了，就行动。要想不让人说是不可能的，你就走自己的路让人去说，但要在不伤害别人的前提下哟。"郑智不再与米蒙较

情愫缠绵

真，他已明白米蒙知道自己该怎样做，只是怕别人说，心中矛盾而已，米蒙是无法放弃竞争那个职位的，便由着他去。

"自己上了，就伤害了很多其他人，自己不上，又伤害了自己。"米蒙既担心与他一起参加竞聘的人会受到伤害，又害怕自己会受到伤害，但他也知道竞争难免会有人受到伤害。

"我知道你很矛盾，但那不叫伤害，是竞争，竞争本来就很残酷，免不了会有人受伤，没上的人总会伤心难过的，只要你没搞别人的小动作就无愧。"显然，郑智说这番话只是就正当竞争而言的。郑智认为在正当竞争中被淘汰的人不叫被伤害，既参加竞争就要想到有被淘汰的可能，如果没有这种承受力就不要参加竞争，即便被淘汰也不叫被伤害了，只能怪自己技不如人，被淘汰者要的不应该是同情，而是继续努力。

"我不会搞别人的小动作，别人搞我的我也从不计较，只是自己一往无前。因为高层赏识我，现在那个职位已拟订是我。"米蒙有点得意地说。

"那你就勇往直前吧。"郑智心想，既然已基本有了结果，你还有什么好犹豫和矛盾的，只有向前冲喽。

"但我感觉还有些悬。"米蒙担心地说。

"预祝你成功！"作为朋友，郑智由衷地希望米蒙成功，他认为米蒙并不坏，与其让米蒙说的更坏的人得到那个职位，还不如让米蒙得到。他想，米蒙得到后或许真能为民做些好事。

"难说，也难受！即使上了也难受。这是蹚浑水啊。"米蒙依然矛盾地说。

"这个谁都知道，可你还是想蹚啊。"郑智直率地说。

"官场是消耗青春的战场。"米蒙感慨地说。

"官场上的人都显老，这是战斗的结果。"郑智幽默中夹着讽刺。

"精辟。我不想这样过一辈子，我想像你那样过着无忧无虑与世无争的生活。"在官场混久了的米蒙似乎有点羡慕郑智的生活方式。

"那就只能自己干，但你做不到。"郑智认为已深陷仕途的米蒙根本就无法抽身，郑智说的自己干，就是淡泊名利，在自己的世界里干自己喜欢干的事，不看别人脸色行事，也不存在你争我斗。

"我一直自己干啊。其实，我一直是这样走过来的。"米蒙也许没真正明白郑智说的"自己干"的含义，他理解的是自己亲力亲为。

"那你还烦恼什么？如果是这样你应该很多东西早已看淡。"郑智以为米蒙听懂了他说的"自己干"的意思。

"但我还想为民干点事，需要岗位和公权。与其让坏人掌握，不如让我掌握。"米蒙慷慨激昂地说。

"要为民干事什么境遇都可以。嘿嘿，你能保证自己以后不是个坏人吗？"郑智漫不经心地说。

"但比起那些已经变坏的坏人来说要艰难得多，我认为自己不会变成坏人。"米蒙认为自己秉性好，坚信自己不会变坏。

　　"很多人开始都是好人，那个曾经从矿工起步的原某市副市长开始不也是个好人吗？后来不是也变坏了，变成了人民的罪人。"郑智尖锐地说。

　　"我想为国为民多出点力，就是上庙宇敬菩萨心中默祷的第一个心愿也是国泰民安啊。"米蒙慷慨陈词。

　　"只要有心为国为民、出力的机会很多，不论在什么境地都可以。"郑智也慷慨陈词地说。

　　"有些实际问题只有政府主要官员才能解决。"米蒙有些无奈地说。

　　"不过有时为民办事的确要有一定的权力才行。"郑智认同地说。

　　"我每次要得到什么，总要比别人多出几十倍的努力，不过这倒让我练出了一身真功夫，什么工作都难不倒我。"米蒙感慨地说。

　　　　　　　　　　　　情愫缠绵

"这样励志。凭实力得到的一切心安理得。愿你仕途一片光明。"郑智喜欢实干的人，他认为这样的人可以磨出真本事来。郑智就是这种实干的人，他不管尘世多么纷繁复杂、步履维艰，只是一门心思地磨炼一身才艺。他认为有了真本事什么都难不倒自己，尽管这样很辛苦，但无论什么状况下自己都有底气。

　　郑智与米蒙在电话里聊了很长时间，因有事先挂了。

　　郑智无法预测米蒙最后会怎样去面对这场竞争，这场竞争对米蒙最后又是怎样的结局。但不管怎样，他只希望米蒙为官尽力清廉，为强国富民多尽力。

　　(本文作于 2008 年，原标题为"一个'70 后'的涉仕心理"，曾先后发表于华语文学门户网"榕树下"、湖南作家网，2011 年收录于《一缕荷香》专著中)

同胞情

　　3个同胞相继诞生于 20 世纪六七十年代一个充满书香的家庭里，姐姐与弟弟年龄只相差 1 岁半，他们小的时候，因父母工作忙碌没时间照顾，被寄养在乡下一个没有儿女的老农家里，老农夫妇除了吃饭时叫姐弟俩，其他时间任他们四处玩耍。

　　姐弟俩从小就彼此照顾着，姐弟感情很深。有一次姐弟俩去老农家附近的池塘边玩，姐姐赤着脚站在长有青苔的麻石跳板上用脚掌拨水玩，一不小心，脚底一滑，整个人掉到池塘里去了，站在岸上

情愫缠绵

的弟弟看到姐姐掉到池塘里不见了人影，急得拼命哭喊："快来人救我姐姐呀！我姐姐掉到池塘里快淹死了啊！呜……呜……"幸亏有一个会水的村姑到池塘边挑水，听到弟弟的哭喊声，迅速跳到池塘里将姐姐救起。弟弟见姐姐被救了起来，激动得一把抱住姐姐，嘴里不停地喊着："姐姐、姐姐，我生怕再见不到你了啊！"

姐姐8岁那年，忽然想要个妹妹，便天真地对母亲说："妈妈，我想要个妹妹，给我生一个妹妹好吗？"年轻的母亲看着稚嫩的姐姐说："好，那你要带哟。"姐姐高兴地答应着说："好，我来带。"

姐姐10岁那年，母亲真的给她生了一个妹妹。妹妹出生在20世纪70年代，身为知识分子的父母当时收入低，父母负担她和弟弟吃、穿、上学就够不容易的了，没有能力再请人照顾妹妹，于是，她和弟弟先后分别休学半年照顾妹妹。姐姐和弟弟学着大人带小孩的样，为妹妹换尿布、将奶膏用开水冲化或将豆豉和米放在小碗里蒸熟，再用勺子搅成糊状，然后一勺一勺地先用自己的舌尖试试，不烫了再送入妹妹的小嘴里。他们背着妹妹到处玩耍，妹妹也十分依恋他们，只要见不到他们就哭。

姐姐、弟弟、妹妹3人长大后，感情依然很好，从未因父母对谁好一点儿或其他利益关系而产生过矛盾，凡事都是彼此谦让，处处替对方着想。曾记得，因姐姐6岁半读书，弟弟5岁读书，故姐姐和弟弟同一年高中毕业，当时还处于"知识青年到农村去，接受贫下中农再教育"的"余热"中，姐姐和弟弟只能一个留在城市，一个必须下农村"接受贫下中农再教育"。在父母无法抉择由谁去"接受再教育"的时刻，弟弟自告奋勇地对父母说："姐姐是女孩，女孩下农村比男孩困难多，让姐姐留城。我下农村吧。"就这样弟弟下了农村，姐姐留在了城市。尽管弟弟后来通过自己的艰苦努力在农村干出了成绩，成了某局的局长，但弟弟奉献的这份无私

情愫缠绵

的同胞情却永远刻在姐姐记忆里，时时感动着姐姐。

几年前，天妒英才，弟弟不幸患了脑癌，当弟弟病重住院时，姐姐不管工作多么忙，多么辛苦，每天下班后都会带着弟弟喜欢吃的食物去医院探望，守在弟弟身边。每当姐姐离开时，弟弟总是握着姐姐的手依依不舍。

姐姐对妹妹也很照顾，为了妹妹的前程，不爱求人的姐姐不惜拉下脸面为妹妹求工作。妹妹虽然比姐姐、哥哥小很多，但却很懂事，在姐姐、哥哥开心的时候，她分享着他们的快乐；在姐姐、哥哥忧伤、落寞的时候，她给予无限关爱和慰藉。姐姐、哥哥感觉拥有这样的妹妹好幸福。妹妹不仅关心姐姐、哥哥，嘘寒问暖，而且孝敬父母。

某年，父母居住的地方拆迁重建，妹妹便主动将父母接到了自己的住处，让父母寄住过渡，承担着照顾父母的义务，从未要求姐姐、哥哥援助……他们就这样在人生的旅程中彼此关心着、牵挂着、照顾着、感受着同胞之间的和谐与温馨。

弟弟不幸病逝后，姐姐一直沉浸在悲痛之中，每当亲友聚会时她都会想起弟弟，仿佛弟弟就坐在她的身旁，与她亲切交谈。她在一次亲友聚会后写了一篇题为《怀念弟弟》的日记，她在日记中写道："6年前，病魔无情地使你千般无奈、万般不舍地告别妻儿、父母、姐妹去了另一个世界；而今，6年过去，也许人们早已淡忘了你的音容，可你姐姐我依然感觉你音容宛在。每当亲友聚会时你仿佛就坐在我和妹妹、父母之间，我们亲切地谈笑着，你的幽默、风趣让我们笑靥灿烂，彼此的关爱让我们温馨无限，我们不知世间还有淡薄亲情、尔虞我诈，有的只是和谐、快乐和温馨。虽然你匆匆地去了不会幸福地再来，但你的音容笑貌永远留在我和妹妹、父母及你妻儿心中，我们的和谐、温馨里仍然有你。"

弟弟走了，姐姐与妹妹更加珍惜同胞情，她们每天彼此问候或到彼此的QQ空间了解对方的心境，

情愫缠绵

她们快乐着彼此的快乐，忧伤着彼此的忧伤，弟弟虽然离开了，但同胞情里依然有他，姐姐与妹妹从未曾忘记过他。就这样，姐姐、妹妹带着对弟弟的怀念将浓浓的同胞情延续着，延续着……直至永远。

(本文作于2008年，曾先后发表于华语文学门户网"榕树下"、湖南作家网， 2011年收录于《一缕荷香》专著中)

情愫缠绵

同室之情

　　星城好久没有看到大雪了，2006 年 2 月 28 日这天终于下了一场大雪。

　　余莲早上起来，透过家里阳台上的玻璃窗往外一看，哇！只见无数雪花在空中飞舞飘扬，林立在地面的高矮参差的房屋顶上全都被染成了白色，树枝上也"开满"许多白色的"花"，地面满是积雪，仿佛铺了一张厚厚的白色地毯，想必这场大雪在昨夜就开始下了吧。

　　余莲踏着满地积雪来到办公室，办公室里只有

情愫缠绵

余莲一个人，同室的娄青、陈微、石焰去外地出差了。办公室显得格外冷，即便开了空调，还是感到寒气袭人。

余莲刚坐定，电话铃响，打电话的人是娄青的朋友，余莲告诉他娄青出差了，他要余莲转告娄青，娄青托他办的事情已办好了，余莲应允后怕误了娄青的事，挂断电话后，随即拨通娄青的手机转告了他。

"你一个人在办公室寂寞吗？我们都很想你呢，你来玩吗？"娄青接到余莲的电话，顺便在电话里说了一些玩笑的问候语。娄青是个善于交际的人，在单位上下左右逢源，很讨人喜欢。

"我在这儿等着你们回来呀，等着你们回来！"余莲唱着陈微常在办公室电脑里播放的一首名为《桃花朵朵开》的歌曲中的一句作答，只是将原歌词"我在这儿等着你回来"改成了"我在这儿等着你们回来"。

余莲唱完并要娄青代她向陈微、石焰问好，余莲说完正准备挂断电话，娄青说："等一下，还有人要和你说话。"

"我在这儿等着你回来呀，等着你回来！"接着说话的是能歌善舞，外表瘦削的石焰，他在电话里也逗趣地唱了一句《桃花朵朵开》里的原歌词。

"我在这儿等着你们回来呀，等着你们回来！"余莲依然以唱作答。

"你等一下啊，还有人要和你说话。"石焰叫余莲等待下一个与她通话的人。

"下雪了，我们好想你啊！你来吗？"说话的是长得有点像广东人，性格活泼开朗，为人友善的小妹妹陈微。余莲咳嗽时，她会说"莲姐姐，你好点没有？吃药没有"；余莲没有吃早饭时，她会说"莲姐姐，你没吃早饭吧？我这里有苹果"；余莲不开心时，她会说"莲姐姐，别烦躁，一切都会好的"。工作之余她们常在一起伴着欢快的音乐翩翩起舞。

"我也很想你们，但我现在走不开啊。当你看到天空飘落的无数雪花，那就是我在想你，朵朵雪花都

情愫缠绵

寄寓着我的思念。"在这个寒冷的雪天听到同事们亲切的话语，余莲心头倍感温暖，室内的寒意仿佛也驱散了不少。看着窗外不断飘落的雪花及办公室里那些生机勃勃的花儿，想着4人同处一室时彼此的关心、照应，特别是想着那位活泼可爱，善解人意，处处为他人着想的小妹妹陈微的关心、安慰的话语以及工作之余与她在一起伴着欢快的音乐翩翩起舞的情景，不禁借景寓情。在三位同室离开的日子里她的确很想他们，单位原本决定余莲与他们一起出差，因余莲手头正在做着一个工作项目，就没有安排与他们同行。

"我发现你说话越来越有诗意了，越来越浪漫了，越来越下不得地了。"陈微赞扬里夹着几份俏皮。

"你过奖了。激情来自投缘人。"余莲是个感情丰富但不轻易动情的人，可谓激情只向投缘人。缘分这东西就是这样怪，有的人与之相处数年却总不投缘，有的人虽与之相处短暂却很投缘，余莲与陈微共事刚满一年，竟有一种特别投缘的感觉，余莲不自觉地燃起一股激情，说了几句以雪寓情的话语。余莲比陈微大18岁，尽管她们年龄相差较远，但她们却能彼此沟通、交心、无话不说，成了忘年之交，也许这就是所谓的缘吧。

余莲下班后回到家，吃过晚饭，准备伏案写点什么，白天那种感于同室之情的激情却仍未消去，特别思念颇感投缘的陈微，便不自觉地给她发短信："有的人与之相处数年却总不投缘，有的人与之相处短暂却很投缘，仿佛认识了许多年，缘这东西就是这样怪。你我相处刚满一年却令我倍感投缘，虽然我们年龄相差很远，但能彼此沟通、交心，坦诚相对，也许这就是所谓的缘。"她回复："我觉得我们的年龄相差一点儿都不远，在我心里你永远是我知心的姐姐，我一直觉得与你同处一室每天都很开心，而且从中受益不少。"

在三位同室出差期间的某天下午，单位组织女职工看电影。余莲想，要是陈微在就好了，她们可以一

情愫缠绵

起去看，想着想着便给陈微发了一条短信："今天下午单位组织女职工看电影，要是你在就好了，我们可以一起去看。"她回复："昨天晚上我们在唱歌，我们特意点唱了《桃花朵朵开》，娄青给我们摄了像。要是你在就好了。"

"我在这里等着你们早日回来啊！"余莲期盼着三位同室早日归来，再续那温馨的同室之情。

（本文作于 2006 年，曾先后发表于华语文学门户网"榕树下"、湖南作家网，2011 年收录于《一缕荷香》专著中）

真情无求

25 岁的钟卿出身于书香门第，从小酷爱诗歌，立志成为一名诗人，他每天除了干好赖以生存的工作就是写诗，每逢周六、周日他会从早上写到太阳西下黄昏至，夜幕降临全不知，诗兴稍尽已是次日早饭时。他对诗的痴迷无人能及。由于对诗歌创作的勤奋、执着，他渐渐地有了一点小名气，"年轻诗人"的头衔也渐渐地成了他的标签，许多诗歌类刊物都刊登了他的作品，35 岁时他终于出版了个人诗集《钟卿心语》。《钟卿心语》正式出版发行的那天，钟卿最想感谢的一

情愫缠绵

个人是一直站在他身后默默支持他、鼓励他的女作家莫丝雨。

10年前，钟卿通过别人的推介买到了一本莫丝雨的作品集，通过莫丝雨的作品他认识了莫丝雨，他很欣赏莫丝雨的作品，特别喜欢莫丝雨写的小说和诗歌，他常常发表一些读后感或评论之类的博文，也正是因为他的博文让40岁的莫丝雨对这个比自己小15岁的"粉丝"有了特别的关注，她以一个年长者的身份默默地关注着他的成长。在公开场合她总是对钟卿给予鼓励，而在私下里她会委婉、善意、含蓄地在QQ里给钟卿留言指出他存在的不足。当看到钟卿生病而有轻生念头的博文时，她会在他的博文下评论，鼓励他乐观面对疾病，或写一篇题为《珍惜生命》的博文予以引导，她曾在博文里这样写道："有的人想活却因无奈撒手尘寰，有的人活着却轻言死。生命乃父母所赐，珍惜生命，好好活着是对父母最大的孝。愿鲜活的生命珍惜活着的每一天，不管生活中遇到什么不祥状况都要乐观地去面对，切勿轻言死。"当看到钟卿闷在房间里抑郁的博文时，她会写一首暗示只要心中有春意，室内也有诗情，眼中的一切亦会充满温馨的诗发在博客里，她曾用浪漫主义手法在诗中这样写道：

坐室而听，

听那阵阵风声宛如乐，

听那滴答雨声宛如歌；

坐室而想，

想那青青小草随乐伴歌翩翩舞，

想那花儿鼓掌相和（hè）景。

不禁心涌春意抒诗情：

风声如乐，细雨如歌，

小草欢舞，花儿相和。

室外万景，室内诗情。

心有春意，满眼温馨。

情愫缠绵

钟卿看懂了莫丝雨为他所做的一切，弥补了自己的不足，病体也很快痊愈，人也变得乐观、开朗，文思亦如泉涌而不可收。在莫丝雨的关心、帮助下，他作诗及为人处世日趋成熟，终于走向成功，被誉为"德艺双馨的青年诗人"。他常对人说："是莫老师让我重生，让我感到生命始终被阳光照耀，人间充满温馨，鼓舞我走向成功。"

　　钟卿也因为对莫丝雨的尊敬和崇拜而默默地关注着莫丝雨的一切，他分享着她的快乐、成功、烦恼、忧伤，他们对彼此的关心不需要说明，一切尽在默默之中。

　　他们心甘情愿地为彼此付出而无所求，他们这种不含任何杂质的忘年之情是人间至真至纯的情，他们无须回报的付出谱写了一支《真情无求》之歌，令物欲横流的尘世不禁汗颜！

　　（本文作于 2012 年 5 月 7 日，2015 年 12 月 24 日首发于中国作家网）

春节之旅

某年大年初一，靳小雅一个人在家草草吃了两顿饭，晚上 6 点出门，沿 W 路独自漫步，领略星城的节日夜景。

沿途处处张灯结彩，满城显得格外辉煌，城市上空烟花不断绽放，"争芳斗艳"，满眼灿烂，爆竹声声不绝于耳，爆竹发出的"砰砰"声与烟花发出的"啪啪"声仿佛形成了悦耳的交响乐。唯一与之不协调的是大街上人迹稀少，往日熙熙攘攘的人群想必大多都在家中与亲友团聚没有出门，大小商场也大多相继在晚上7点左右就关了门，只有一些大的酒家和娱乐休闲场所在继续营业，使辉煌、灿烂、交响中略带一丝冷清，往日喧嚣的城市在爆竹、烟花歇息时也显得有些寂静。

靳小雅原想到某商业广场看看，不料到达时已关门，她便沿原路返回。返回时途经一地下通道，刚步入通道口，便听到一阵凄凉的二胡声，拉的水平虽不高，但却使人听起来感到悲凉。靳小雅心想，拉二胡的人大年初一夜晚不在家与亲友团聚，却在一个地下通道里拉着令人感到悲凉的乐曲，一定是个生活不如意的人吧。想着想着不觉走到了拉二胡的人跟前，这是个黑黑瘦瘦，显得有些脏的男子，戴着一副墨镜，正专注地坐在一张自带的小凳上拉着二胡，他的双脚前放着一个装着一点点一元、一毛钱的铁筒，看上去像个盲人，靳小雅不假思索地朝铁筒扔了一元钱。她扔下钱，没等"谢谢！"二字落音，便快步离开了。

经历了地下通道的那一幕，原本有些落寞的靳小雅回到家中仿佛心情很好，她想，自己有一份较好的工作和不薄的收入，是一个衣食无忧的人，不应该有落寞和不开心的感觉。

初二靳小雅早早吃完晚饭，照例沿 W 路独自漫步领略星城节日夜晚的景象，她特意比初一早一个小时出发，看看星城初二之夜与初一之夜是否有所不同。依旧是满城灯火辉煌，满眼烟花灿烂，满耳爆竹声响。所不同的是大街上多了一点人迹，昨夜看到的一些关了门的大小商店有小部分正在营业，某商业广场也延至 9 点关门。昨夜显得有点冷清、寂静的星城恢复了一点儿人气和热闹。

初三上午 11 点，靳小雅的好友江蓉驾车接靳小雅一起去某温泉大酒店泡温泉。她们在酒店包了一间可泡温泉的房间，穿上泳装泡在温泉浴池里，从浴池底下那些无数小孔里喷出来的温泉在她们全身不停地按摩着……她们闭着眼睛尽情享受着温泉按摩带给她们的舒适与快乐，仿佛躺在极乐的天堂，忘了人间所有

情愫缠绵

的烦恼与忧伤。她们在浴池里泡了一个多小时，从浴池出来后，酒店做美体按摩的小姐给她们做酒店赠送的美体项目。她们躺在房间的按摩床上享受着美体小姐周到、细致的服务。做完美体按摩已是下午2时20分，她们刚穿好衣服准备启程回家，靳小雅接到表妹给她打来的电话，表妹约她3点到某地去玩，江蓉怕靳小雅迟到，赶紧开车送靳小雅到与表妹约定的地点。江蓉将靳小雅送到与表妹约定的地点后，便回家与亲友团聚去了。

靳小雅与表妹会合后，表妹说带靳小雅去一个比较幽雅的休闲地玩，靳小雅想去看看那是一个怎样幽雅的地方，便欣然应允。她们坐上一辆的士，靳小雅的表妹叫司机开到某商业街里一个名叫"城市花园"的茶餐厅。她们相对坐在"城市花园"茶餐厅二楼大厅的一个卡座里，卡座位于大厅临街的玻璃墙边。靳小雅边和表妹喝茶聊天，边观察周围环境。大厅临街的玻璃墙边共有三个卡座，每一个均由两张长沙发和一个小长桌组成，小长桌夹在相对放着的两张长沙发中间；大厅中间和一侧没有包厢的墙边分别有一个与玻璃墙边相同格局的卡座，大厅中间的那个卡座的前后分别相距放着两棵高高的龟背竹，卡座掩映其中；大厅空旷的地方也恰到好处地放着一些绿色植物，使大厅增添不少幽雅气氛；大厅楼梯边上放置一台供客人上网的电脑，与之并排立着一个书架，书架上面放着一些供客人阅览的杂志和报纸；透过玻璃墙，映入眼帘的是一排排耸立的造型有点像上海风格又似巴黎风格的建筑物，她很喜欢这种典雅的风格，表妹告诉她这个商业街被人们称为"小巴黎"。

她们在"城市花园"茶餐厅吃过晚饭，聊了一会儿，已是晚上9点多，靳小雅看到玻璃墙外到处闪烁的霓虹灯，心想，这个"小巴黎"的夜景一定很美吧，便向表妹建议去外面欣赏"小巴黎"的夜景。靳小雅的表妹是个富有文学天赋和懂得浪漫的小资女人，自然接受了她的建议。

情愫缠绵

她们在"小巴黎"的街上漫步，街道上人迹稀少，道路两边车辆停放有序，除的士送客人到这里和客人自己开车来这里休闲外，没有其他过往的车辆，街上显得很安静。街道两边除了另外几家茶餐厅，还有按摩休闲会所、KTV、甜品店、酒吧、咖啡店等，可谓饮食、娱乐一条龙，供休闲的人们尽情享受吃、喝、玩、乐，各种茶餐厅、休闲会所、KTV等把各类休闲的人们包裹着，尽管里面人声嘈杂、鼎沸，歌声、音乐声震耳欲聋，但在街上行走时却难听到声响，隔音效果真是堪称一流。她们漫步至一个名为"南国帝苑"的量贩式KTV门前时，出于对歌唱的爱好，靳小雅向表妹提议进去看看。

　　她们走进"南国帝苑"，坐上电梯上了三楼。面对三楼电梯口的过道里有一个田园式的人造景，围绕着人造景的是几盆鲜活的绿色植物。人造景由左右两道田园风光组成，左边那道风光是一个貌似姜太公的老翁背朝山林、草地和种着稻子的田地，坐在河边悠闲地垂钓，钓竿的钩子上已有一—"愿者上钩"；右边那道风光是一座小屋位于山林、草地、田园之间，小屋的右前方是山林，正前方是几亩稻田，左前方是青青的草地，草地上有一张矮矮的小石圆桌，圆桌周围摆着四张小石凳，两位古典衣着的农夫相对坐在石凳上，目光注视着桌上正在下着的一盘棋，一个嘴里含着一根烟斗，另一个手上拿着一把小圆扇，好不优哉游哉；两道田园风光之间隔着一条河，河上面有一座拱形小桥，小桥连接着两道风光。靳小雅边观赏人造景里的风光，边在心中发表感慨：三个农夫在各自的风光带伴着山林听鸟语，依着田园获丰收，优哉游哉神仙似的坐在河边或青青的草丛中垂钓、下棋，没有尘世的喧哗和纷争，这种恬静的田园生活好不惬意，真是令人羡慕不已。

领略完三楼电梯口过道里的田园风光，她们走入大厅。大厅的布置给人一种富丽、雅致的感觉，整个大厅被各种色彩的灯光照射着，显得格外辉煌。大厅

情愫缠绵

入口的左边是服务台，紧挨着服务台的是 KTV 消费超市，到这里来唱歌的客人在服务台付了包厢费后可根据自己消费喜好到超市购买茶饮、糕点、水果拼盘等食品；大厅中央立着一根很粗的顶梁柱，柱子面向服务台的下面有一个小平台，平台上面放了一张可以转动的黑色皮圆凳，平台前面的 KTV 电视机专用架上放着一台液晶显示器，柱子上贴着一张写着"免费练歌台"的醒目告示。到这里来唱歌的客人可在进入 KTV 包厢之前先在练歌台练习试唱，没有人练歌的时候大厅的音箱里便会不断播放各种悦耳的歌曲。练歌台与大厅入口之间放置着一大盆鲜活的绿色植物，大厅内有三个通向 KTV 包厢过道的入口，在其中两个入口之间有一个假山，山上的溪水潺潺地流向山下的一口小塘，塘水清澈见底，透过清澈的水面可见塘底的无数小卵石和几尾游动的小鱼。歌声袅袅，高山流水、鱼翔浅底的景象使靳小雅不禁想放声高歌，她在超市买了两杯菊花茶叫服务员放在练歌台旁边的茶几上，便开始在练歌台上面唱歌，她一首接一首地唱着……她表妹受她感染，也禁不住手舞足蹈地加入，靳小雅不唱的时候她表妹就在练歌台上又歌又舞，显得既可爱又疯狂。她们在"南国帝苑"练歌台一直唱到晚上10点多才余兴未了地回各自的家。

星城节日夜色中的辉煌景象，温泉池里的徜徉，"小巴黎"的街头漫步，茶餐厅里的幽雅享受，KTV里的纵情歌唱，美好、恬静的"田园风光"，温馨、和谐的亲友之情，为靳小雅的春节之旅画上了一个完美的句号。这是她一生中最快乐、最难忘的春节之旅。

（本文作于2006年，曾先后发表于华语文学门户网"榕树下"、湖南作家网，2011年收录于《一缕荷香》专著中）

心愿游戏

喜欢舞文弄墨的晓洁某日收到朋友通过电子邮箱发来的一个名为《心愿》的游戏，这个游戏的规则是按步骤在规定的方格中填上自己最喜欢的两个数字、两个异性朋友的名字、一个朋友和两个亲戚的名字及4首最喜欢的歌的歌名，步骤依次为：自己最喜欢的两个数字——两个异性朋友的名字——一个朋友和两个亲戚的名字——4首最喜欢的歌的歌名。

晓洁按步骤在规定的方格中依次填了6、8——杨青、柳风——娟娟（女友）、雪儿（妹妹）、小燕

（表妹）——《真情永远》《总想走进你心里》《你好吗》《知音》。晓洁填完，按下确认键，游戏结果显示："杨青是你最爱的人，柳风是你喜欢的、但不能相伴的人，真情永远适合杨青，总想走进你心里为柳风，雪儿是你最关心的人，娟娟是最了解你的人，小燕是你的幸运星，《你好吗》代表你的心愿，《知音》代表你对生活的感受。"看到游戏结果，也许是心理作用，晓洁感觉这游戏还真有点灵验。自从父母双亡后，雪儿的确是她最关心的人；杨青是她一生都不能忘怀的初恋情人；柳风是爱她但因种种原因而永远无法结合在一起的人；娟娟是最懂她心志的女友，不仅欣赏她，而且能读懂她的作品；小燕与她爱好相同，常常带她去一些风景幽雅的地方激发她的创作灵感，每次与小燕相聚后她都会出一篇佳作;《知音》这首歌寓意她心高气傲在生活中知音寥寥;《你好吗》这首歌寓意她愿所有最亲最近的人都快乐、幸福。

除了杨青和柳风，晓洁给游戏里相关的人分别发

情愫缠绵

了短信，将游戏里显示的结果告诉了她们，娟娟、雪儿、小燕看到晓洁发的短信很高兴，这天恰逢感恩节，娟娟回复："感恩朋友将我视为知音，愿我们友谊永恒！"雪儿回复："在感恩节里，感恩我亲爱的姐姐对我一直以来的关爱，有你这样的姐姐，是我今生的福。祝我亲爱的姐姐天天快乐！"小燕回复："真的吗？太好了，希望我永远是你的幸运之星，让你出更多更好的作品。今天是感恩节，谢谢许多年来有你相伴关怀，祝美丽才情的表姐幸福、快乐！"

收到娟娟、雪儿、小燕的回复，晓洁很感动，也很欣慰，在感恩节里，她也深深地感恩，感恩这个有趣的心愿游戏给她带来一份快乐和温馨，同时她也祝愿她的亲友们每天笑靥盈盈，永远平安、健康、快乐、幸福！

（本文作于 2010 年，曾先后发表于华语文学门户网"榕树下"、湖南作家网，2011 年收录于《一缕荷香》专著中）

后记

　　本书系笔者截至 2016 年创作的部分短篇小说集结。编著本书的目的：一是对自己创作的作品的一个小结，二是希望通过作品给人美感和启迪。

　　笔者本着对读者认真负责的态度，对创作的作品不断进行修改、充实和升华，力求每一篇作品让读者阅之愉悦，品之受益。尽管如此，瑕疵依然难免，愿本书在读者包容的眼中能"瑕不掩瑜"。不妥之处敬请批评指正，诚谢！

2020 年 10 月 30 日

情愫缠绵

愿本书如作者所愿，
每个阅读它的人都懂
它，每个懂它的人都
有收益。